刘国芳 / 著

微型小说名家系列

乡村纪事

XIANGCUN
JISHI

百花洲文艺出版社
BAIHUAZHOU LITERATURE AND ART PRESS

图书在版编目（CIP）数据

乡村纪事 / 刘国芳著. -- 南昌：百花洲文艺出版社，2024.10
ISBN 978-7-5500-5651-0

Ⅰ.①乡… Ⅱ.①刘… Ⅲ.①小小说 - 小说集 - 中国 - 当代 Ⅳ.
①I247.82

中国国家版本馆CIP数据核字（2024）第099699号

乡村纪事

刘国芳　著

出 版 人　陈　波
总 策 划　张　越
责任编辑　万思雨
书籍设计　方　方
制　　作　周璐敏
出版发行　百花洲文艺出版社
社　　址　南昌市红谷滩区世贸路898号博能中心一期A座20楼
邮　　编　330038
经　　销　全国新华书店
印　　刷　湖北金港彩印有限公司
开　　本　889 mm×1194 mm　1/32　　印张　7.625
版　　次　2024年10月第1版
印　　次　2024年10月第1次印刷
字　　数　160千字
书　　号　ISBN 978-7-5500-5651-0
定　　价　39.80元

赣版权登字　05-2024-263
邮购联系　0791-86895108
网　　址　http://www.bhzwy.com
图书若有印装错误，影响阅读，可与承印厂联系调换。

目　录

儿童时代

青春年华

美好岁月

田间地头

乡村风情

儿童时代

1963 年过年

男人挑了一担灯芯，要出门。一个女孩儿，蹦蹦跳跳跑了过来，女孩儿说："爸爸要去哪儿呀？"

男人说："卖灯芯。"

女孩儿问："爸爸什么时候回来呀？"

男人说："过年回来。"

男人说着，出门了。女孩儿跟了几步，女孩儿说："爸爸，给我买新衣裳过年。"

男人应一声，走了。

男人很快出了村，往荣山方向去。从这儿到荣山，有六七里，但男人不会在荣山卖灯芯。荣山这一带的人，家家户户都栽灯芯草。这一带的人，也和男人一样，会挑了灯芯，去很远的地方卖。男人现在要经过荣山，去一个叫抚州的地方。从荣山到抚州，有六七十里。男人肩上挑着满满一担灯芯，但灯芯没重量，一担灯芯只有十几二十斤，男人不把这担灯芯当回事，他一天就能走到抚州。

果然，这天傍晚，男人到抚州了。一到街上，男人喊起来："卖灯芯，点灯的灯芯。"

有人应声问："几多钱一指？"

男人说："三分。"

应声的人讨价还价："两分卖不卖？"

男人说："拿去。"

就有人走到男人跟前来，犹犹豫豫掏出两分钱给男人。男人拿一指灯芯给人家，很少的一指，只有小指头那么粗。又有人过来，要买一角钱的，男人也拿了一指给人家，这一指大些，大拇指那么粗。再没人过来了，男人又挑起灯芯喊道："卖灯芯，点灯的灯芯。"

此后，抚州大街小巷都听得到男人的声音。

在抚州卖了几天，男人就离开抚州了。男人一路前去，去流坊，去浒湾，再去金溪。金溪过后往南去，先去南城、南丰，然后去福建的建宁、泰宁和邵武、光泽。再回资溪、南城，最后返回荣山。这样来来回回，男人要在外面待一个多月。但不管走多远，男人都会在过年前赶回来。

这天，男人到浒湾了。

浒湾有上书铺街，还有下书铺街。两条街其实算不上街，只算得上一条小巷子。天色晚了，街两边的房屋透出灯光，就是用灯芯点的灯。很暗的光，星星点点。这样星星点点的光，无法照亮巷子。一条巷子，黑漆漆的。男人挑着灯芯，高一脚低一脚地走在巷子里，仍喊道："卖灯芯，点灯的灯芯。"

一户人家，没点灯，屋里黑漆漆的。黑漆漆的屋里走出一个人来，这人说："你来得及时，我屋里的灯芯刚好用完了。"

说着，拿出两分钱，买一指灯芯回去。

俄顷，那屋里有光了。

也有人不愿花钱买灯芯，这天走到金溪，就有一个人听了男人的喊声后，开口问道："我用鸡蛋跟你换灯芯，可以吗？"

男人摇头，男人说："鸡蛋会打碎，不换。"

这个想用鸡蛋换灯芯的人，站在一家小店铺前，男人见了，就说："你店里有棒棒糖吗，我用灯芯换你棒棒糖。"

那人问："怎么换？"

男人说："一指灯芯换三个糖。"

那人点点头，同意了。

在男人换糖时，男人家里的女孩儿想爸爸了，女孩儿问大人："妈妈，爸爸什么时候回来呀？"

大人说："还早哩，过年才回来。"

确实还早，男人那时候还在金溪。随后，男人去了南城、南丰，再去了建宁和泰宁，还去了福建邵武、光泽。这一路花费其实很大，男人白天要吃，晚上还得住旅社。这一切开销，全在一担灯芯里。为此，男人一路很节约。有时，男人一天只吃两个包子。而且，这包子不是拿钱买的，是用灯芯换的。但该买的，男人还得买。男人有一天就在邵武买了好几块布，好看的花布，是给家里女人买的。男人还买了一件红灯芯绒衣服，买给女孩儿的。男人还买了一根扎头的红绸子，也是给女孩儿买的。这东西可买可不买，男人犹豫了很久，拿出两分钱，买下了，然后放在贴身口袋里。

男人回来时，灯芯全部卖掉了。但男人肩上的担子，不但没减轻，反而重了。男人担子里放着布，放着衣裳，还放着麻糖、花生糖和拜年的灯芯糕。在荣山街上，男人买了几斤肉，买了盐和酱油。然后，男人就挑着东西回家了。女孩儿早就等在家门口，老远看见男人回来了，女孩儿蹦蹦跳跳跑过去，女孩儿问："爸爸，给我买了新衣裳吗？"

男人说："买了。"

女孩儿就跳起来。

不一会儿，女孩儿就让妈妈帮她穿好了红灯芯绒的衣裳。男人买的红绸子，也扎在女孩儿头上。随后，女孩儿含着棒棒糖出去了。在外面，女孩儿看见几个孩子了，女孩儿于是把口里的棒棒糖拿出来，然后对几个孩子说："我爸爸回来了，给我买了新衣裳，还买了扎头的红绸子和棒棒糖。"

女孩儿说着时，有爆竹噼噼啪啪响起来。

过年了。

孩子与车

一

孩子想要一盒水彩笔，孩子去问大人要钱，孩子说："爸，给我钱。"

孩子的大人最怕孩子要钱，大人在孩子要钱后凶起孩子来，大人说："又要钱做什么？"

孩子说："买水彩笔。"

大人说："多少钱？"

孩子说："十块。"

大人说："我哪有这么多钱，不买。"

孩子说："老师说要买的。"

大人说："老师说要买就让老师给你买，我没有钱。"

孩子就没什么好说的了，他嘟嘟嘴，生着气走了出去。

二

女人想要一辆车，那种红颜色的小轿车，本田丰田奥迪都可以，女人跟丈夫商量，女人说："我们买一辆车吧。"

丈夫没答应女人，先生说："我现在最想你生个孩子，不是车。"

女人说："不是说好了过几年再生吗？"

丈夫说："可是我现在很想要个孩子。"

女人说："不行，我们先买车，这是你答应了的。"

丈夫说："有了车你更野了，我不能答应你。"

女人说："你说话不算数。"

丈夫说："就算我失信一次吧，下不为例，你要什么我都依你。"

女人没什么好说的了，女人嘟嘟嘴，生着气出门了。

三

女人和孩子在村里碰见了，一个村里的人，女人当然认得孩子。同时，女人看出孩子不高兴，于是女人问孩子："你怎么不高兴呀？"

孩子说："爸爸不给我买水彩笔。"

女人问："你爸爸为什么不给你买呀？"

孩子说："我爸爸没有那么多钱。"

女人问："要多少钱呀？"

孩子说："十块钱。"

女人说："那阿姨给你买。"

孩子说："我爸爸说不能要别人的东西。"

女人说："等以后你爸爸给了你压岁钱，你就可以还给我呀。"

孩子觉得这是个好办法，孩子忽然笑了，说："谢谢阿姨。"

说着话时，女人带孩子走进了村里的一家超市，给孩子买了一盒水彩笔。

从超市里出来，孩子也发现了女人不高兴，于是问女人："阿姨，你好像也不高兴，是吗？"

女人点点头。

孩子问："阿姨你为什么不高兴呢？"

女人说："我让我家先生买辆车，他不买。"

孩子听了，笑起来，说："阿姨为这不高兴呀，我给阿姨一辆车。"

孩子说着，拉着女人往家里去。

不一会儿就到了，孩子在家里找出纸，又把刚才女人买给他的水彩笔拿出来，然后在纸上画起来。

孩子画了一辆车。

画好，孩子把画递给女人，孩子问："阿姨，你看这辆车好看吗？"

女人说："好看。"

孩子说："那我把这辆车送给阿姨。"

女人笑了。

四

　　女人到家里后脸上还挂着笑，丈夫看见了，丈夫说："不生气啦？"

　　女人问："哪能一直生气呢？"

　　丈夫说："不生气就好，你硬是要车，我也只好依你。"

　　女人说："不，我现在想要个孩子。"

　　丈夫有几秒钟没有反应过来，随后丈夫反应过来了，丈夫一激动，把女人抱了起来。

月亮船

女孩住的那个村子靠河，女孩总喜欢到河边去，看河。一个晚上，弯弯的月亮映在水里，女孩觉得它像一只船，女孩很惊喜自己的发现，于是去跟大人说："爸爸妈妈，你们看，水里的月亮像一只船。"

女孩的爸妈走出来，一起往水里看，然后父亲说："是像一只船。"

女孩的母亲也说月亮像一只船，还说那是月亮船，说着，轻轻地唱起来：

> 月亮船呀月亮船
>
> 载着妈妈的歌谣……

女孩天真，在母亲唱歌时颠颠地往河边去，大人见了，吓坏了，过去一把扯住女孩，还说："你去哪？"

女孩说："我想坐在月亮船上，让它载着我。"

女孩的母亲父亲听了，都笑。做母亲的，还点着女孩的额头说："月亮船在很远的地方，你坐不上它。"

女孩看着母亲，女孩说："我怎样才能坐上月亮船呢？"

母亲没说，还是摇头。

过后，女孩每天晚上都在河边看着水里的月亮船，还不住地缠着母亲让母亲告诉她怎样才能坐上月亮船。母亲没告诉女孩，只和女孩说："别烦了，我教你唱月亮船的歌吧。"

说着母亲唱了起来：

月亮船呀月亮船

载着童年的神秘

飘进了我的梦乡

悄悄带走无忧夜

……

女孩觉得这歌很好听，学了起来。

一天女孩和母亲正唱着，忽然河里传来"救命呀——救命呀——"的呼救声。女孩的父亲听了，飞快地从屋里蹿出来往河边跑，女孩的母亲跟着往河边跑，村里一个王叔叔，也往河边跑，然后三个人一起跳进水里。好一会儿，女孩看见三个人从水里爬上来，这三个人，一个是女孩的父亲，一个是女孩的母亲，还有一个，女孩不认识。而女孩隔壁那个王叔叔，却没上来。女孩的母亲看见王叔叔没上来，便在河边喊："小王——小王——"

没有回音。

那个王叔叔一直没上来，女孩看见父亲母亲和小王的母亲还有村里好多人，在河边找了几天，都没找到，女孩不知道那个王叔叔去哪里了，就问母亲："王叔叔呢，他怎么没上来？"

母亲眼睛红红的，没作声。

女孩又问："妈妈，你说呀，王叔叔去哪里了？"

女孩的母亲看着河，河里，一弯月亮又像一只船了，母亲见了，开口说："王叔叔被月亮船载走了。"

女孩说："你不是说月亮船在很远的地方，坐不到吗？"

母亲说："王叔叔救人，月亮船才载着他。"

女孩说："妈妈你也救人，爸爸也救人，月亮船怎么不载你们去呢？"

父亲在屋里听了，吼了一声："莫乱说，乱说打扁你。"

母亲说："莫吓着孩子。"

以后无数个晚上，女孩和母亲都坐在门口，她们一边看着水里的月亮船，一边唱着歌，直唱得水里月亮船悠悠地远去。

一天，也是月亮船在水里漂荡的时候，河里又传来了救命的呼喊声。女孩的父亲听了，又飞快地从屋里蹿出来往河边跑。女孩的母亲，也跟着往河里跑，然后两人一起跳进河里去。但过了一会儿，女孩只看见父亲拽着一个人上来，母亲却不见踪影。女孩的父亲又跳下水去，但许久，还是父亲一个人上来。

过后，女孩一直没见到母亲，女孩想母亲，哭着跟父亲说："我要妈妈，我要妈妈。"

女孩的父亲泪流满面。

女孩又说："妈妈呢，她到哪里去了？"

父亲开口了，父亲说："你妈妈也被月亮船载走了。"

女孩说："妈妈救人，月亮船才载着她，是吗？"

父亲点头。

女孩说："我要妈妈，我不要妈妈让月亮船载走。"

说着，女孩冲河里喊了起来："妈妈，你回来。"

水里，一只月亮船荡了荡，但女孩的妈妈，没有回来。

女孩呆了起来。

呆了一阵，女孩开口唱起来：

月亮船呀月亮船

载着妈妈的歌谣

飘进了我的摇篮

淡淡清辉莹莹照

好像妈妈望着我笑眼弯弯

......

长辣椒的树

孩子坐在门口画画。

孩子的父亲，也在门口坐着。

孩子门口是一口小水塘，水塘边有几棵树。孩子的父亲指着几棵树，对孩子说："你画那几棵树吧。"

孩子就画树。

很快，孩子就画了几棵树。画好，孩子又在树下画了一个人。一个扎两条辫子的人，一看就是个女人。孩子的父亲见了，就说："前面只有树，你怎么画出人来了？"

孩子说："那是妈妈。"

父亲问："前面哪有你妈妈？"

孩子说："有，我以前天天看见妈妈提着衣服从树下走过，去水塘里洗。洗好了，又提着衣服从树下走回来。"

父亲说："那是以前，今天树下没有人，你再画。"

孩子重新画起来。

但孩子很难集中精力，孩子画了一会儿，开口说："妈妈呢，我怎么见不到妈妈呀？"

父亲说："你妈妈走了。"

孩子问："妈妈为什么要走呀？"

父亲没回答孩子，这个村靠河，去年，一个女孩落水了，孩子的妈妈跳进河里救人，女孩被救了起来，孩子的妈妈却没上来。

孩子还小，父亲不想告诉他没有妈妈了。

孩子又问："妈妈还会回来吗？"

父亲说："不会回来。"

孩子说："我要妈妈。"

孩子说这话时，哽咽着。父亲见了，就说："哭什么，快画。"

孩子又画起来。

这回，孩子在树上画满了辣椒。孩子很会画画，画的辣椒红通通的，又大又尖，很好看。孩子的父亲见了，就问："你画的什么呀？"

孩子说："爸爸，妈妈的名字叫辣椒，是吗？"

父亲说："我问你画的什么？"

孩子说："辣椒呀。"

父亲说："胡来，树上哪会长辣椒？"

孩子说："爸爸，要是妈妈会像这些辣椒一样长出来，多好呀。"

父亲想说什么，但喉咙一哽，什么也没说。

孩子接着在画下面写道：

> 我的妈妈叫辣椒，她不见了，我和爸爸希望妈妈还能长出来。

后来国内举办一个儿童绘画大赛，父亲帮孩子把这幅画寄去参赛了。

结果孩子得了一等奖。

摘　星

一天晚上，孩子在门口仰着头，数天上的星星。孩子起先还一颗一颗地数着，但满天的星星，孩子根本数不过来。后来，孩子把母亲喊了出来，孩子问："天上有多少星星呀？"

孩子的母亲也不知道天上有多少星星，但母亲回答了孩子，她说："地上有多少人，天上就有多少星星。"

孩子记住了母亲的话，过后，孩子总在门口站着，看天上的星星，孩子不再一颗一颗地数着星星了，孩子在一颗一颗地辨认，看哪一颗星星是自己，哪一颗星星是妈妈，哪一颗星星是爸爸。孩子当然辨别不出来。一天孩子又把妈妈喊出来，孩子指着天上的星星问："哪颗星星是我呀？"

母亲摇了摇头，说："天上的星星太多了，我认不出来。"

孩子说："哪颗星星是妈妈呀？"

母亲还是摇头，说："我也认不出来。"

孩子再问："那么哪颗星星是爸爸呢？"

这时，有飞机的轰鸣声在天上响起，母亲睁大了眼睛，随后，母亲看见飞机一闪一闪像星星一样地亮着。当飞机飞到他们门口一棵光秃秃的大树的枝丫间时，母亲指着枝丫间的星星说："那颗星星就是你爸爸。你看，在那棵最高的枝丫间。"

孩子的爸爸的确是一颗星，他是飞行员，总在天上飞着。一天孩子的爸爸回家探亲，孩子见了爸爸，开口就说："爸爸，我看见你了。"

爸爸问："你在哪儿看见我了？"

孩子说："你是一颗星，我在天上看见你了。"

孩子的爸爸笑了，他说："乖，我儿子真乖。"

孩子的爸爸来了，又走了，孩子又看不见爸爸了，但孩子会站在门口，仰头看星星。当飞机轰鸣声响起时，孩子会睁大眼往天上看。

一个云重雾大的晚上，孩子又站在门口，看星星，但孩子看不到星星。让孩子和他母亲想不到的是，这天孩子的爸爸因执行紧急飞行任务，牺牲了。孩子的母亲第二天被接走了，她没有把孩子带去，只把孩子托放在亲戚家。几天后，孩子的母亲来接孩子时，孩子发现母亲瘦了许多。孩子于是问母亲："妈妈你去哪儿了呀？"

母亲不敢回答孩子。

孩子还天天在门口看星星，看见会走的星星，孩子就说看见爸爸了。孩子一次又一次在天上看见爸爸了，可爸爸一次也没有回来看他。孩子很想爸爸，有一天孩子问母亲："爸爸好久好久没回来，他什么时候回来呀？"

母亲只好骗孩子，说："快回来了。"

然而，孩子等了一天又一天，总也不见爸爸回来。孩子没看见爸爸，仍站在门口看星星，看见很亮的会走的星星时，孩子仍说："爸爸，我又看见你了，可你怎么不来看我呢？"

孩子的母亲听了，唰唰地流泪。

孩子后来一天到晚地缠着母亲，总说"爸爸为什么不来看我呀"。母亲总不作声，但一天她作声了，母亲说："你爸爸其实天天都看见你了。"

孩子说："爸爸在哪儿看见我了？"

母亲把手往天上指了指，说："他天天在天上看你。"

孩子说："他为什么不回来？"

母亲说："他真正成为天上的一颗星星了，他回不来了。"

孩子叫起来："妈妈，你让爸爸回来。"

回答孩子的，是母亲一脸的泪水。

一天，孩子又在门口的枝丫间看见一颗很亮的会走的星星。孩子还记得妈妈说过，这颗星就是他爸爸。孩子很想爸爸，希望他能回来，现在，星星就在树上，孩子觉得应该去把这颗星星摘下来。

孩子真的爬上树了。

在孩子爬树时，孩子的母亲看见了，孩子的母亲吓坏了，让孩子下来，还说："你爬树做什么呀？"

孩子说："我把树上那颗星星摘下来，爸爸就回来了。"

孩子的母亲眨一眨眼，眼里，泪儿盈盈了。

借着屋里的灯光,孩子忽然发现母亲眼里也有亮晶晶的星星。

状元街

女孩家门前有条状元街。

女孩坐在门口，看着状元街。状元街只有三米宽，从村子里穿过。街中间笔直地嵌了两行卵石，街有多长，卵石也嵌了多长。女孩看过火车，那嵌出的两行卵石就跟铁轨一样，只是没有那么宽。那两行卵石嵌出的宽度，只可以走一个人。

女孩知道这状元街上为什么嵌着这两行卵石。

女孩的大人告诉过女孩，好久以前，他们浯溪村考取了一位状元。状元要回村时，村里人从浯溪里捞了很多很大的卵石，在村子最中间的一条路上嵌了两行。状元回来了，就走在两行卵石中间。以后，村里人就把这条街叫作状元街。女孩还知道，村里人后来就没人走在两行卵石中间了，只有状元回来，才能走在状元街的两行卵石中间。女孩现在坐在门口看着状元街，她好像看见状元回来了。状元就走在两行卵石中间，一大群人走在两行卵石外面跟着状元。女孩也跑过去，也跟着状元。女孩像大家一样，走在两行卵石外面。女孩很想走到中间去，但女孩不敢，女孩只能在两行卵石外面跟着。

状元街上当然没走来状元，是几个孩子走来了。女孩看见一个孩子走在两行卵石中间，其他几个孩子在两边跟着。走在卵石中间的孩子把两只胳膊摆开来，做出大摇大摆很得意的样子。

正得意着，一个老人走了过来，老人看着孩子说："谁叫你走在中间？"

孩子就慌忙地从两行卵石中间走出来。

老人还不放过孩子，继续说："中间是状元走的，现在没有状元，等你考取大学，也可以走到中间去。"

孩子哦哦地应着，向女孩跟前走来。

女孩站起来，想跟几个孩子一起玩，但这时女孩听到大人喊她："嫣嫣，把这些菜拿到浯溪里洗一下。"

大人说完，把半篮菜递给了女孩。

女孩就提着菜去浯溪里洗，浯溪就在村口，走过状元街，就是村口的浯溪了。女孩走在状元街上，街上还有很多人走着，都是大人，他们都走在两行卵石外面，没人在两行卵石里面走着。他们见了女孩，都问她说："嫣嫣，去哪里呀？"

女孩说："去浯溪里洗菜。"

女孩也跟那些大人一样，走在两行卵石外面，但走着走着，女孩就很想走到两行卵石中间去，于是她走了进去，走在两行卵石的中间。正走着，忽然一个大人说话了，那大人说："嫣嫣，你怎么走路的？"

女孩吓了一跳，慌忙走了出来。

大人继续说："中间是状元走的，现在没有状元了，但等你考取了大学，你才可以走中间，知道吗？"

女孩点点头，说："我知道。"

女孩洗了菜回来后，又坐在门口，女孩还看着门前那条状元街。看着看着，女孩起身了。女孩去屋里背起了书包，然后出门了。

女孩去上学了。

女孩仍然走在状元街上，去上学要从状元街走出村子，女孩走在两行卵石外面，女孩知道，现在她只能走在两行卵石的外面，要等考上了大学，她才能像状元一样走在卵石的里面。

女孩天天这样走着，走在两行卵石外面。日子一天一天过去，女孩长大了。女孩的成绩一直很好，小学成绩好，初中成绩也好，高中成绩更好。后来，女孩就参加高考了，女孩知道自己考上了。果然，有一天女孩在村口等到了大学录取通知书。女孩真的考上大学了。女孩捧着大学录取通知书回家时，走在状元街中间了，全村的人都跟在后面，但他们都走在两行卵石外面，他们都说："嫣嫣，你是我们村的状元了。"

女孩甜甜地笑了。

在女孩笑着时，一个声音传了过来，那是女孩大人的声音，大人说："嫣嫣，你怎么坐在门口打瞌睡？"

女孩醒过来了，原来她在门口打瞌睡，她是在梦里考上了大学。

女孩叹了一声，然后看着大人说："妈，我要读书。"

大人说："等开学了，就带你去报名。"

说着，大人把手里的书包递给女孩，还说："这不，书包都给你买好了。"

女孩接过书包，然后背着，又蹦又跳。

花在眼前

老人是村里最老的老人，他总是孤独地坐在门口，一动不动。老人觉得自己行将就木了，对一切都没有兴趣。老人眼前人来人往，是个生机蓬勃的世界，但老人视而不见，老人看见的是一片荒凉。

一个女孩常到这儿来玩，女孩就住在村里，她还小，不敢走远，但老人这儿她还是敢来。多来几次，女孩就注意到老人了，女孩看见老人天天坐在门口，一动不动。

一天女孩走近老人，看着老人说："爷爷，我天天看见你坐在这儿。"

老人点点头。

女孩问："爷爷为什么天天坐在这儿呀？"

老人说："人老了。"

女孩问："人老了就要天天坐这儿吗？"

老人又点头。

女孩问："为什么人老了就要天天坐这儿呢？"

老人被女孩难住了，老人想了好久，回答说："因为孤独。"

女孩问："爷爷一个人，才孤独，是吗？

老人再点头。

女孩说："你跟我去玩吧，你跟我玩，就不孤独了。"

老人摇头。

女孩说："去吧，到我家去，我家门口有很多木槿花，很好看。"

老人还是摇头，老人说："我走不动。"

女孩失望了。

女孩再来时，手里拿着一枝木槿花。那是个雨天，老人没出来，女孩撑着伞在老人门口站了很久，等老人出来，但老人一直没出来。女孩后来要走了，但她没把花带走，而是把花留下了，就插在老人门口的空地上。

老人开门看见了那枝木槿花，花正开着，老人眼里亮了许多。

老人当然知道这花是女孩插的。

女孩后来又来了，手里又拿着一枝木槿花，女孩和老人说："是我把花插在这里的。"

老人说："知道。"

女孩问："好看吗？"

老人说："好看。"

女孩听了，把手里那枝又插下了，还说："爷爷说好看，我就多插几枝，以后活了，长成一片，爷爷门口也就有木槿花了。"

老人摇头，老人说："它不会活。"

女孩问："为什么？"

老人说："有心栽花花不开。"

女孩听不懂这句话，女孩固执地说："我觉得会活。"

女孩后来真的在老人门口插了很多木槿花，老人总让女孩莫插，说不会活。女孩很固执，仍然说会活，并一次次地把木槿花插在老人门口。

那些木槿花，后来真的枯萎了，但女孩没看见，女孩有一天不来了，她大概上学了或搬走了，她没有看见那些花一天一天枯萎，看见了，女孩或许会很失望。

女孩没来，花又枯了，老人眼里又是一片荒凉。但让老人没有料到的是，来年春天，那些木槿花冒出了茸茸的新芽，木槿花真像女孩说的那样，活了。

老人门前后来真开着一片木槿花了，花在眼前，老人眼里不再荒凉。

蝴蝶花

　　花儿村子在抚河边上，离她们村不远，有一条堤，堤下有一块平平整整的河滩。花儿喜欢在河滩上玩儿，花儿的同学也喜欢在河滩上玩儿，还有一些大人老人也喜欢在河滩上玩儿。河滩上人多的时候，热热闹闹。花儿喜欢这种热闹，她总在人堆里穿来穿去。

　　河滩上的草也长得平整，青青翠翠像铺了一块绿毯，间或有些红的白的花儿镶嵌在绿毯上。河滩上空，还飞着一些蝴蝶蜻蜓，缤纷得很。花儿很喜欢这缤纷的世界，跑来跑去，乐在其中。

　　河滩上有一种花，长两片粉红的花瓣，这种花叫蝴蝶花。一天花儿看见这种花了，花儿以为那是一只蝴蝶，蹑手蹑脚地过去捉。手伸过去，蝴蝶也没飞走，花儿才知道那是一朵花。花儿折了这朵花，跑去问人家，就问这是什么花，又说这花像一只蝴蝶。大家就说这是蝴蝶花。花儿听了，高兴了，捏着蝴蝶花满河滩跑，对人家说我有一朵蝴蝶花。花儿头上扎一块手帕，结成蝴蝶状，花儿的脸红红的，花儿自己就像一朵蝴蝶花。有人也这样以为，于是他们拍拍花儿的小脸，对花儿说："你就是一朵蝴蝶花。"

　　花儿听了，很高兴，一跳一跳地像蝴蝶一样飞走了。

　　后来的一天，一个人赶了几十头牛来，就在那平整的河滩上放牛。放牛的人，也觉得那块河滩平整，草又多又绿，是个放牛的好地方。这人，后来天天把牛赶来。牛天天来，就把一块平整的草地糟蹋了，草被吃得参差不齐，有的地方，还被撒欢的牛把沙土翻了出来。还有，到处都是牛屎。一块绿毯一样的河滩，因牛的到来，面目全非了。

好好的一块河滩弄坏了，大家都感到很可惜，但大家又不好说什么，没人规定不可以在这儿放牛。很多人，在牛来了后，就不大来了。

花儿看见牛把河滩弄得乱七八糟，很生气，花儿有一天走到放牛的人跟前，对他说："你不可以把牛赶到这儿来放。"

放牛的人不在乎小小的花儿，放牛的人说："看你小小年纪，还蛮霸道嘛，我为什么不可以在这儿放牛？"

花儿说："你的牛糟蹋了这块河滩。"

放牛的人说："这又不是你家的河滩。"

花儿不知道说什么好了，只呆呆地看着，看着那些牛在河滩上吃草。忽然，花儿看见一朵蝴蝶花了，一头牛，在边上吃草，就要把那朵蝴蝶花吃了。花儿赶紧跑过去，把花折了。然后花儿捧着那朵花，喃喃地说："没有蝴蝶花了，都被牛吃了。"

花儿说着时，眼睛潮潮的，要流泪。

那人还在河滩上放牛，一块河滩，天天有牛糟蹋，更变样了，这时候没什么人到河滩上来了。河滩上除了牛，还有很喜欢河滩的花儿。一天涨水，一头小牛在河滩上吃草，吃着吃着，小牛落进了水里。花儿正在河边上，她见了，慌忙跑过去并拉住了牛绳。花儿拉住牛绳后喊起来，快来人呀，牛落水了。河滩上没别人，连放牛的人也走开了。花儿叫不到人，只好自己使劲把牛往上拉。但花儿力气太小，她拉不动牛。相反，水很大，把牛冲走了。花儿拉着牛绳，没松手。很快，花儿也落水了，并随着牛一起被冲走了。

花儿被捞起来时，手里还攥着牛绳。花儿感动了所有的人，大家都哭了，悲恸欲绝，包括那个放牛的人。

过后，放牛的人把牛赶到别的地方去了。

河滩上再没牛了，也没了花儿，有人在河滩上走，见不到花儿，空落落的。

来年春天，草又蓬勃地长了出来，和往年一样，平平整整地像一块绿毯。也有红的白的花儿镶嵌在绿毯上。到夏天时，河滩的上空，又飞着一些蝴蝶蜻蜓，缤纷得很。

又有很多人到河滩上来。一天，有人发现一朵花，有两片粉红的花瓣，艳艳地开着。

大家知道这是蝴蝶花，是花儿最喜欢的花。

蝴蝶花一天比一天多，走上河滩的人，看见的，是一朵又一朵的蝴蝶花。后来的一天，满河滩开满了蝴蝶花。

花儿变成了蝴蝶花，艳艳地活在人们眼里。

我自己回来的呀

艾子还没读书的时候，就知道山那边的王坊小学，艾子去过，从村口那棵大樟树下往前走，过一座小桥，再上山。山上有两条路，但两条路都是一个方向，在下山的时候会合。下了山，是一座水库，沿着水库边上那条路往前走，就会走到一个叫王坊的村子，王坊小学，就在这个村里。

八岁的时候，艾子上学了，就在王坊小学读书。这天，大人把书包背在艾子肩上，然后对艾子说："去上学。"

艾子说："好。"

大人问："你认识路吗？"

艾子说："认识。"

大人说："从村口那棵大樟树下往前走，过一座小桥，再上山，山上两条路，走哪条都可以，下山后有一口水库，沿着水库边的路走，过了水库，有一个村，学校就在村里。"

艾子说："知道。"

大人说："过桥的时候走中间。"

艾子说："好。"

大人说："不要到水库玩水。"

艾子说："晓得。"

然后，艾子就背着书包去学校了。艾子从村口那棵大樟树下走

乡村
纪事

过，接着走过那座小桥，然后就上山了。山路不长，不一会儿就下山了，然后艾子走到水库边那条路。再然后，艾子就到学校了。

这条路，艾子走了好多好多年，时间，就在艾子脚下溜走了。一晃，艾子读完小学了。读初中，也得走那条路，当然，初中要远一些，要过王坊村，再去镇上，艾子同样要走那条路，从村口的大樟树下走过，再过那座小桥，再上山，然后走过水库边上那条路，再过王坊村，然后去往镇上。也是不经意间，时间又从艾子脚下溜走了。一晃，艾子初中又毕业了。初中毕业后艾子没考上高中，也就是说，艾子没书读了。在家待了几年，艾子和村里一个人谈情说爱了，然后结婚生子。

艾子的孩子叫李子。

又一晃，李子八岁了。

这个年龄也要读书，有一天艾子把书包背在李子肩上，然后说："去上学。"

李子说："好。"

艾子说："我送你去。"

说着，艾子牵着李子的手，往学校去。

走过大樟树，艾子说："去学校要从这棵大樟树下走过。"

李子说："知道。"

走到小桥上，艾子说："过桥的时候要走桥中间。"

李子说："好。"

在水库边，艾子说："不要到水库玩水。"

李子说："晓得。"

到学校了，艾子说："放学了不要乱走，我来接你。"

这些话，艾子几乎天天说，也就是说，李子读书，艾子天天接送。当然，不是艾子一个人接送孩子，其他人也和艾子一样接接送送。艾子记得自己读书时，大人从不接送。现在路上全是接送孩子的父母，每个人都牢牢地把孩子牵在手里，生怕孩子飞了。

有一天，艾子没接到李子。

这天，艾子去晚了些，艾子还在路上往学校赶时，就看到很多大人接着孩子往回走，艾子知道晚了，一路跑着往学校去，但到学校时，艾子没看到李子，艾子急了，大声喊："李子——李子——"

没有回答的声音。

艾子在学校找，见人就问："见到李子了吗？"

有人回答："没看到。"

艾子后来到处找，在水库边，艾子大声喊道："李子——李子——你在哪？"

在山上，艾子也喊："李子——李子——"

在那座桥上，艾子到处看，还沿着小溪两边走，边走边喊："李子——李子——"这时候艾子声音里有哭腔了，艾子哭着喊："李子——你在哪呀？"

仍没人回答她。

天差不多黑了时，艾子抽泣着回到家，准备叫家里人一起去找。但进屋后，艾子忽然看到李子了，李子坐在桌前写作业，艾子见了，一把抱起李子，然后说："你怎么会在家里？"

李子说："我自己回来的呀。"

画画的小麦

小麦在城里有个亲戚，小麦十五岁那年，父母把小麦送到亲戚家里，让小麦在城里学画画。小麦喜欢乡下，不喜欢城里，但小麦是个听话的孩子，父母让她做的事，她不会不做。小麦就在城里住下了，她白天读书，晚上学画。

半年后小麦回了一趟家。小麦回家时背着一个小画夹，村里孩子见了，便说小麦你像个画家了。

小麦知道自己离画家还差得太远太远。为此，小麦很努力，回家的几天，小麦除了帮父母做一些事，就是画画。小麦画画时喜欢坐在河堤上，河堤上有花有草，小麦就画这些花花草草。河里还有船，张开很大的帆，小麦也画张开帆的船。这时候夏天了，河里常有孩子玩水，一天有一个孩子问小麦："小麦你会画人吗？"小麦就摇头，小麦说："我只会画一些静物，还不会画人。"

孩子觉得怪可惜的。

后来有一个骑车的女人走过，看见小麦画画，女人停下来。她站在小麦跟前，小麦当然看见她了。小麦觉得这个女人特别好看，眼睛大大的，睫毛长长的，鼻子挺挺的，还有，额头亮亮的……小麦简直看呆了。她看着女人想：可惜我不会画人，要不，我就把她画下来。

女人看见小麦那样看她，笑起来，还说："我脸上有什么不对劲吗？"

小麦："你真好看。"

有个孩子，一直在水里玩，后来，孩子腿抽筋了，孩子在水里挣扎着，还喊："小麦姐姐，我腿抽筋了。"小麦听了，弃了笔，跳进水里。但下水后，小麦也像孩子一样挣扎着，原来她不会游泳。但有惊无险，那个好看的女人跳下来，她先救起了小麦，又救起了孩子。小麦在被女人救起后一直看着女人，她想她以后一定要把女人画下来。

小麦回城后不久，老师开始教小麦画人像。先是画石膏，尔后临摹，再画真人。但不知为什么，小麦一画这些时，就会想起那个救过她的好看的女人，结果是小麦好像在画那个女人。这样走神，小麦便画得不像了。老师见了，总提醒小麦，说小麦你注意点，你走神了。小麦也知道自己走神了，但小麦无法纠正自己。

小麦这年报考了抚州艺校，但专业成绩没过关。小麦的素描走了形，扣了很多分。这结果让小麦的父母很失望，说白培养了她。小麦也觉得对不起父母，但小麦不是很难过，她真的喜欢乡下，不喜欢城里。小麦的父母后来又要送小麦去城里画画，小麦没有去。小麦和父母说："我是小麦呀，我应该在乡下"。

小麦这么说，父母没有勉强她。

以后小麦整天都在家里，小麦很会做事，总帮父母做这做那。当然，有了空，小麦也会背着画夹在河堤上画画。小麦仍画堤上那些花花草草，画河里张开帆的船。不仅如此，小麦还会画那些跳进水里玩水的孩子。尽管小麦觉得不太像，但那些孩子都说小麦画得像。

小麦有一天也从河里救起了一个孩子，那孩子不会游泳，只在水边玩。后来孩子捞东西的时候，一探身，落水里了。小麦已经会游泳了，她很快救起了孩子。

当湿漉漉的小麦背着湿漉漉的孩子回家时，一村的人都说小麦是个好孩子。

日子一天一天过去，小麦也一天一天大了，大了的小麦不怎么画画了。但有一天小麦又拿出画笔画纸来，小麦画起那个救过她的女人来。小麦一直记着她，女人大大的眼睛、长长的睫毛、挺挺的鼻子、亮亮的额头一直贮存在小麦心里，小麦闭着眼也能画出女人来。

画好后，小麦把画贴在墙上。

村里常有人去小麦家里，这些人都看见了这张画，大家都说小麦画得好，还说："小麦，你画的是自己吧？"小麦总是点头。

桥

有一段时间，我经常去岭下李家，这个村边上有一条小溪，溪上有桥，小木桥，六七米长，两尺宽。一天我走到桥边时，看到桥边有个孩子也要过桥，三四岁的孩子，不敢过，站桥边犹犹豫豫。

桥那边有个女人在地里做事，她应该是孩子的妈妈，她喊着孩子："李小东，过来呀。"

孩子还是不敢过去。

女人又喊："李小东，你过来。"

孩子仍不敢过去。

我便伸出手，要牵孩子过桥，但女人阻止了我，她说："莫牵他，让他自己走。"

孩子慢慢走上桥。

女人说："别怕。"

孩子便一步一步走了过去。

这个孩子，我后来还见过，我穿过岭下李家，往那条小溪去。到了，看到孩子坐在桥上，一个老人要过桥，孩子见了，便站起来，还说："爷爷，我牵你过去。"

老人说："李小东好乖。"

女人仍在地里做事，看见孩子牵着老人过桥，也说："乖，李小东乖。”

在女人的话语里，孩子牵着老人过了桥。

我便跟女人搭讪，我说："上次过桥孩子还害怕，这次不怕了，还敢牵老人过桥，这进步不是一点点大。"

女人说："多走几次，就不会怕。"

再去，忽然发现桥不见了。

孩子还在，我问孩子说："桥呢？"

孩子还小，没回答我，但溪那边的女人回答了，她说："被水冲垮了。"

我问："这溪里没什么水呀？"

女人说："现在退了，前一阵子落暴雨，桥被冲垮了。"

我说："没有桥，你们去那边不方便了。"

女人说："是不方便，过来绕大弯，要走一两里路。"

我说："你们村里有发财的老板吗，让他捐款建一座桥？"

女人说："赚到钱的人当然有，但人家都搬出去了，谁还会来捐钱建桥？"

我说："也是。"

说这话时，一个人要过去，这人没绕道，而是直接走下溪去，要蹚水过去。孩子见了，就说："李大伯，背我过去。"

女人听了，大声说："你过来做什么？"

孩子就不作声了。

那人随后下水了，水面不宽，但有齐腰那么深，慢慢走过去后，那人说："这没有桥真不方便。"

女人接嘴："是，弄得我每次到地里来都要绕大弯。"

再去，忽然发现溪上有桥。

一座水泥桥。

孩子也在，在桥上跑来跑去，见了我，孩子说："叔叔你又来了。"

我说："来了。"

孩子说："叔叔，这桥是我建的。"

我说："你建的，怎么可能？"

孩子说："真的，这桥是我建的。"

说着，孩子拉我去看桥栏上的字，果然，上面写着"李小东修建"，下面落款是 2000 年 8 月。

我说："同名吧？"

孩子说："不是，就是我。"

女人还在地里做事，我走过去，问她："桥栏上写这座桥是李小东修建的，这李小东是你儿子吗？"

女人说："是。"

我说："这其实是你们大人出钱建的，为什么要写你儿子的名字，他还那么小？"

女人说："我想让他从小就做个好人。"

我后来好久没去了，但那座桥，一直横跨在我心里，包括李小东这个名字，也一直在我心里装着，我只要看到李小东这三个字，就会多看几眼，好多好多年都这样。一天，忽然在报纸上看到我们市的好人榜，上面赫然写着李小东三个字。这回，我不是多看几眼，而是执着起来，我努力打听到了这个李小东的电话号码，然后打过去，我说："你是不是岭下李家的李小东呀？"

一个声音清晰地在我耳边响起："不错，我是岭下李家的李小东。"

无患子

她在村里看见一棵无患子树，深秋了，一树的无患子，黄了。
风吹来，落下几颗无患子。

看着地上的无患子，她捡一颗，又捡起一颗，再捡起一颗。

小时候，她村里也有一棵无患子树。无患子黄了的时候，大人就会跟她说："妈妈要洗衣服了，去捡些无患子来。"

她便跑了出去。

在无患子树下，她也像刚才一样，捡起一颗无患子，又捡起一颗无患子，再捡起一颗无患子。这些无患子拿回家后，她会用纱布做好的袋子装好，再用棒槌敲打，把里面的无患子敲碎。洗衣服的时候，就用这个装着无患子的袋子在衣服上抹。这一抹，衣服上面都是泡沫，像用了肥皂一样。

无患子洗的衣服，也干净。

有一天，她又在树下捡无患子，忽然一个大姐姐走了过来，问她："你捡无患子做什么？"

她说："洗衣服。"

大姐姐说："你还用无患子洗衣服？"

她点点头。

大姐姐问："为什么不用肥皂洗衣服呢？"

她说："我妈妈说无患子洗的衣服特别香。"

村里还有孩子，他们走过来，他们说："什么特别香，是她家里穷，才用无患子洗衣服。"

她说："才不是呢。"

那些孩子接嘴："还说不是，你爸爸在工地上做事，摔伤了，花了好多钱，你妈妈为了省钱，就让你捡无患子给她洗衣服。"

她说："无患子洗的衣服就是香。"

大姐姐把无患子放鼻子下面闻了闻，然后说："这无患子是很香。"

她跟那些孩子说："听到了吗，人家大姐姐都说无患子香。"

孩子们不再争了，一窝蜂跑了。

大姐姐这时问她："你住哪里？"

"就这。"她指了指。

大姐姐走了，再来时，提了一大包肥皂来。不仅如此，大姐姐后来还资助她上学，一直到她大学毕业。

现在，站在无患子树下，那个大姐姐好像就在跟前，那段美好，也在心里弥漫。

忽然，她看到一个孩子走了过来。

孩子在捡无患子，捡起一颗，又捡起一颗，再捡起一颗。

她忽然问："你捡无患子做什么？"

孩子说："洗衣服。"

她说："你还用无患子洗衣服？"

孩子说："我奶奶说用无患子洗的衣服特别香。"

也有别的孩子走来，一个说："什么特别香，是他家里穷，他爸爸妈妈不要他了，他跟奶奶过，奶奶没有钱，才让他捡无患子洗衣服。"

孩子说："才不是哩。"

她也把无患子放鼻子下面闻了闻，然后说："这无患子是很香。"

孩子说："听到了吗，人家这个姐姐都说无患子香。"

那几个孩子，也跑了。

她问孩子："你住哪里？"

"就这。"孩子指了指。

她后来去了孩子家，提了一大包肥皂。

后来不久，孩子读书了，资助人是她，她和孩子奶奶说："让孩子好好读书吧，所有费用我会承担。"

别　墅

孩子在搭别墅。

搭积木别墅，但孩子从来都搭不出别墅来，有人看着孩子，说："你真笨。"

孩子不服气，孩子说："我会搭出别墅的。"

那段时间，孩子每天都趴在桌子边，搭积木别墅。终于有一天，孩子搭出别墅来了。孩子很高兴，端着房子去找大人，大声说："我搭出别墅来了！"

大人说："不错。"

随后，孩子端着他的积木别墅在村里到处走，看见一个人，问人家："我搭的别墅，好看吗？"

回答："好看。"

又看见一个人，也问："我搭的别墅，好看吗？"

回答："好看。"

再看见一个人，仍问："我搭的别墅，好看吗？"

回答："好看。"

孩子笑笑。

不久，孩子就把这积木别墅拆了，这时候孩子明白，这套积木，可以搭出很多别墅或者说可以搭出各色各样的别墅来。很快，孩子又搭出一套别墅来，孩子跟大人说："我又搭出一栋别墅来了。"

大人说："这不一样吗？"

孩子说："不一样。"

然后，孩子又端着他的积木别墅在村里走来走去，看见一个人，问人家："我搭的别墅，好看吗？"

回答："好看。"

又看见一个人，也问："我搭的别墅，好看吗？"

回答："好看。"

再看见一个人，仍问："我搭的别墅，好看吗？"

回答："好看。"

孩子乐不可支。

这套别墅，后来又被孩子拆了，当然，孩子又搭出别的别墅。这回，孩子托着别墅和大人说："这套别墅是不是更好看？"

大人说："一样吧。"

孩子说："不一样。"

随后，孩子又托着别墅出去，但在门口，他忽然发现他手里的积木别墅和他住的房子是一样的，只是大小不同。这发现让孩子兴奋起来，他把大人喊出来，和大人说："我搭的积木别墅跟我们住的房子一模一样！"

大人说："怎么会一样呢？"

孩子说："就一样。"

有人走来，孩子又把他的积木别墅举到人家跟前，然后指一指自己住的房子，问人家："我搭的别墅跟我住的房子是不是很像？"

这人看了看，然后说："还别说，真的很像。"

孩子说："简直一模一样哩。"

孩子后来总端着他的积木别墅走出去，孩子见了人，就跟人家说："我家的房子跟这一模一样，好看吗？"

都点头。

这套积木别墅，孩子后来一直放着，没拆掉。

但孩子住的房子，有一天要拆了。村子整体拆迁，所有的房子都要拆。这天，就有人来拆了，孩子抱着那套积木别墅出来，然后，看着他住的房子被人拆了。

孩子很伤心，哭了好久。

这之后，孩子搬到新家了，那套积木别墅，也被孩子拆了，然后被装进一个塑料袋里，塞在箱子里。

后来，孩子大了，彻底把这套积木别墅忘记了。

若干年后，孩子已经成家了，也生了孩子。这时候，孩子是大人了。不仅成了家，还立了业，还做了房子。

一晃又好多年，他的孩子也几岁了，会到处乱翻。一天，小孩子从箱子里翻出那盒积木了。小孩子知道那积木可以拼别墅，小孩子也搭起来。后来，小孩子就搭出别墅来，小孩子很高兴，托着房子去找大人，在孩子家门口，孩子看到大人了，孩子说："我搭的别墅，好看吗？"

大人没回答孩子，他看了看孩子手里的积木，又看了看自己住的房子，他发现，孩子手里搭出的积木别墅，和他住的房子一模一样。

孩子很快也发现了，孩子于是大声喊起来："爸爸，你发现了吗，我们住的房子和我手里的积木别墅一模一样哩？"

大人笑起来。

青春年华

风　铃

　　兵回村探亲时，小琪抱着一个孩子来看他。兵屋里一屋子人，很热闹，小琪进来，把一屋子的热闹熄灭了。

　　旋即，众人离去。

　　一屋子只剩下兵和小琪，还有那个抱在小琪手里的孩子。

　　相对无言。

　　良久，小琪开口说话了，小琪说："我对不起你。"

　　兵无言。

　　小琪说："是我母亲逼我嫁给大狗的，他有钱，给了两万块聘礼，我不嫁，母亲跳了两次河。"

　　兵无言。

　　小琪说："我是爱你的，一直爱你，我也知道你喜欢我，你还同意的话，我跟大狗离婚，跟你结婚。"

　　兵无言。

　　小琪见兵不说话，出去了。俄顷，小琪走了回来，她怀里除了抱着一个孩子外，还多了一个风铃。

　　小琪说："这风铃是你以前送我的，这两年我一直把它挂在门口，风一吹，风铃丁零丁零地响，全村的人都能听到。"

　　兵看见风铃，开口了："你现在来还我风铃，是吗？"

　　小琪摇头："我刚才说了，你还同意的话，我跟大狗离婚，跟你结婚。这事，你不要急于回答我，你考虑考虑，同意的话，把风铃挂在你门口，我看见了风铃，会来找你。"

小琪说着，放下风铃走了。

屋里剩下了兵自己。

兵呆着，许久许久。后来，兵拿着风铃，在手里晃动，于是有丁零丁零的声音在屋里响起。小琪住在隔壁，听到风铃声，她跑出来，抬头往兵门口看。

但小琪没看到兵门口挂着风铃。

小琪待在自家门口，潸然泪下。

兵回部队时，也没把风铃挂在门口，而是把风铃带走了。回部队后，兵把风铃挂在营房门口。是大西北，风大，风铃整天在门口丁零丁零地响。兵没事时，呆呆地看着，在心里说："小琪，我把风铃挂在门口了，你看到了吗？"

军营里挂一个风铃，起先让兵们觉得好玩。久了，兵们烦了，觉得丁零丁零的声音很吵人，于是让兵拿下。兵拿下来，把风铃放好。但没事时，兵会把风铃拿出来，找一个无人的地方，坐下来，让风铃在胸前晃动，让风铃丁零丁零地响，还说："小琪，我把风铃挂在我的心口了，你看到了吗？"

小琪看不到，兵把风铃挂在心口也罢，门口也罢，小琪都看不到。小琪只看得见他的家门口，那儿，没有风铃。

两年后兵退伍回村了，这回，小琪没来看兵。兵问村里人："小琪呢，怎么不见了？"村里人说："小琪不怎么出来了，整天缩在家里。"兵问："出了什么事？"村里人说："小琪老公找了一个更年轻的女人，跟小琪离了。"

兵沉默起来。

隔天，兵把风铃挂在门口。

小琪没来。

兵便看着风铃发呆，在心里说："小琪，我把风铃挂在门口了，你看到了吗？"

有风吹来，风铃丁零丁零地响，兵听了，又在心里说："小琪，风铃在响哩，你听到了吗？"

小琪听到了，也看到了，但她一动不动地抱着孩子坐在屋里，没出来。

隔天，兵找上门去。

兵去之前，把风铃取了下来，然后放在胸前，同时用手晃动着，于是在风铃丁零的响声中，兵走进了小琪屋里。

小琪见了兵，头垂下，然后说："我现在被人遗弃了，你还来做什么？"

兵说："来告诉你，我不但把风铃挂在门口了，还挂在心上了。"

说着，兵又把手中的风铃晃动起来。

抱在小琪怀里的孩子，四岁了，会说话，听见风铃响，孩子把一只手伸出来，说："妈妈我要……"

爱也如花

　　小美从抚州师专毕业后分到溪山村小，她的到来，让学校几个老师眼睛一亮。在几个老师眼里，小美老师名副其实，这是个像花一样美丽的女孩。而小美呢，也眼睛一亮，觉得溪山也是名副其实的，这儿有山有岭，有溪有水。小美坐在屋里，便看得见郁郁葱葱的山山岭岭，听得到淙淙溪水。这时候，小美会把一首诗咏出来：溪山掩映斜阳里，楼台影动鸳鸯起。隔岸两三家，出墙红杏花……小美吟哦时，觉得诗里的景致就在眼前。小美在城里待惯了，很少见到这样的景色，小美觉得这儿的一切都很美，包括一棵树一根草一朵花。

　　小美最初是很喜欢溪山的，面对孩子，小美会觉得很自豪。学校是个充满生气的地方，这里有孩子们琅琅的书声。现在，孩子们琅琅的书声里有了小美的声音，这声音就美妙无比了。一天小美和孩子们念道：

　　　　小小的月亮　弯弯的船
　　　　弯弯的船儿两头尖
　　　　……

　　这声音，让几个老师如听天籁一样，他们发现，小美的声音实在太动听了。还有，小美喜欢笑，笑声清脆悦耳，如清晨在山里婉转的鸟声。

但半个学期刚过去，小美的新鲜感就没有了，她觉得烦了，觉得小小的溪山枯燥无味。她教孩子时，不再那样领着孩子念了，甚至连笑声也少了。后来，她就不想在溪山待了，一有空就往抚州跑，尽管抚州很远，要坐两个多小时的车，但她还是乐此不疲。再后来，小美甚至连课都不想上了，想调走。那首诗，小美还会念，但不念上半阕，只念下半阕："绿杨堤下路，早晚溪边去。三见柳绵飞，离人犹未归。"这里，小美把自己看成那个未归的离人了。

学校里几个老师，除了一个李老师年龄大一些外，其他几个老师都很年轻。几个年轻的老师也都是从抚州师专或崇仁师范分来的。小美问过他们好多回了，小美说："你们在这儿都待了好几年了，怎么不想调走呢，难道你们要在这儿待一辈子吗？"几个老师每回都笑，回答说："乡下孩子也要人教呀，我们调走了，谁来教他们？"小美没想这么多，她只觉得山村枯燥，想离开。

但离开也不是一件容易的事，好久，小美都没调成。在那些日子，小美除了背"三见柳绵飞，离人犹未归"外，还会看些书，以此来打发时间。一天，小美看到一篇叫《空心看世界》的文章，这是一篇非常优美的精致短文，小美反复看了好多遍后，还破天荒地给几位老师念了起来：

　　看到水田边一片纯白的花，形似百合，却开得比百合花还要繁盛，姿态非常优美，我当场就被那雄浑的美震慑了。

"这是什么花呀？！"我拉着田边的农夫问道。

"这是空心菜花呀。"老农夫说。

原来空心菜可以开出这么美丽明艳的花，真是做梦也想不到。我问农夫："可是我也种过空心菜，怎么没见它开过花呢？"

他说："一般人种空心菜，都是还没有开花就摘来吃，怎么会看到花呢？我这些是为了做种，才留到开花呀！"

我仔细看水田中的空心菜花，花形很像百合，美丽也不输百合，并且有一种非常好闻的气味。如果拿来作瓶花，也不会输给其他的名花呢！可惜，空心菜是菜，总是等不到开花就被摘折……

念完，小美说："我长这么大，还真没注意空心菜花，它真那么美吗？"

"我们也没看过，但像百合的花，一定很美。"

"去哪儿能看到空心菜花呢？"

"我们去农民的菜地里看吧。"

但他们没有看到空心菜花，正像文章里说的那样，空心菜是菜，总是等不到开花就被折了。

小美一脸失望。

后来的一天，几个老师都在学校的空地里挖起地来。小美这里走走，那里走走，奇怪地问："你们做什么呀？"

"栽菜。"

"栽菜？"

看到这里，读者应该明白几个老师要做什么了。

这或许很落俗套，但毫无办法。溪山村小的几个老师当时确实不约而同地开了地，栽了菜。

他们都在地里栽着空心菜。

几个老师只栽不折，于是几个月后，溪山村小的校园里开出了许许多多的空心菜花。小美很惊喜地这里看看，那里看看，还不停地说："空心菜花真的形似百合，却开得比百合花还要繁盛，姿态非常优美。"

有一天，小美还哲人一样跟几个老师说："我明白你们的苦心了，这些空心菜有点像我们的学生，我们好好教他们，让他们一直把书读下去，他们也会像这些空心菜花一样美丽，是吗？"

几个老师都笑了。

在那个空心菜花开的季节，小美不想走了。她忽然觉得他们的学校也如花一样美丽。

和这一样美丽的，是几个老师的爱。

爱也如花，小美觉得。

冬天的花

一个人揣着一台相机到山上来玩，一座小山，山脚下就是冒着炊烟的村庄，那炊烟，袅袅着就漫到山上来了。冬天了，山上也没什么好景致。树上的叶都落光了，剩下光秃秃的枝丫。偶尔有一棵树上叶子还绿着，那叶，却绿得发暗，绿得老气横秋。草都枯了黄了，有风吹来，真的在瑟瑟发抖。在枯黄的草里面或者树的枝丫间，看不到一朵花，哪怕一朵不起眼的细细小小的花。也看不到红叶，乌桕树的叶子是红的，枫树的叶子也是红的，但这山上好像就没有一棵乌桕树，也没有一棵枫树。这人就没看到一点儿红的紫的或者黄的有生气的颜色。这人只在一片枯黄里看到那些萧瑟的景象。

其实这人来过这儿，春天夏天秋天都来过。那时候的景致不是这样的。还是春天的时候，映山红就开了，不是一朵一朵地开，是一片一片地开，开得整座山上像着了火一样，一片火红。映山红开过，蔷薇花又开了。蔷薇花有白的和粉红的，白的蔷薇花开满一根根枝条，枝条缠绕在一起，就让山上有了一簇又一簇的花环。粉的蔷薇花明显细很多，她们簇拥着开在一起，一蓬又一蓬，像山里的一道又一道盆景。再后来，白色的栀子花就开了，栀子花也是细细的，不起眼。但她像星星一样在山上闪闪发光。不仅如此，栀子花是一种很香的花儿，离山老远，一阵风从山那边吹来，就能闻到栀子花香，让人心旷神怡。栀子花开过，就到秋天了。秋天山上开得最多的是野菊花。野菊花真是一种好看的花，金黄金黄的花，甚至用金黄都不能够形容她的艳丽。而且，野菊花不是一朵两朵地开，而是一开一大片，有时候就沿着山路两边开过去。上山的人，就走在一条花径里，感觉特别惬意。山里还有一些小小的花，没人知道她们叫什么，是什么花，但她们一片一片开起来，也蔚为大观，让人叹为观止。这人总在春夏秋三季的山上徜徉，总把相机对着她们，然后让那些花儿在电脑里或者报纸上永恒。但现在，在这个冬季，一切都不一样了。这人没看到花，哪怕是一朵细细小小的花，也看不到。

这人就想下山了，冬天到了，春天还会远吗？春天再来吧，这人跟自己说。但就在这人想下山时，他忽然看到一个女孩子往山上来。再一看，不是一个女孩子，是几个女孩子到山上来了。几个女孩子个个年轻，也个个漂亮，而且穿得十分好看。一个女孩子穿一件碎花短袄，那碎花，就是那种不起眼的小小的叫不出名的花。另一个女孩子，穿一件长羽绒服，羽绒服上，竟绣着一簇簇映山红。还有一个女孩子，穿一条冬裙，那裙子上，绣满了野菊花。几个女孩子看到山上有人，过来了，她们盈盈地看着他笑，还问："你在这儿做什么呀？"

这人说："本想上山来看花，却没看到。"

几个女孩子说："冬天哪有花？"

这人说："一朵也没有吗？"

女孩子说："一朵也没有。"

这人在说话时看了看几个女孩，问她们："你们是山下村庄的吗？"

几个女孩子说："是呀。"

这人说："你们比我们城里人还洋气。"

几个女孩子说："谢谢！"

这人说："我给你们照些相吧？"

几个女孩一起说："好呀。"

这人就咔嚓咔嚓为几个女孩照起相来，照了好多好多张。照完，这人还要了女孩的地址。这人说："我会把照片寄给你们的。"

这人说到做到，后来的一天，几个女孩真收到一大摞照片了。不仅收到照片，还收一张报纸。报纸上面有一个版面以《冬天的花》为题，登着大半版照片。但那些照片照的不是花，而是她们几个女孩子。

一个女孩子明白什么意思了，这女孩说："那人把我们当成花了。"

其他女孩听了，没再作声，但脸红了。女孩子这一脸红，真的是花了，是一朵朵灿烂的花。

爱情麻雀

　　我经常在村口看见一个男孩，男孩在村口摆了个照相的摊子，为来我们村旅游的人照大头照。但来我们村旅游的人不是太多，我总看见男孩寂寞地坐在那儿。男孩很黑，也瘦，但不难看。大概是职业的缘故，我总是看见他冲过往的游人笑，有点傻的样子。

　　没想到的是，这个男孩有一天会跟我牵扯到一起。

　　有一天村里一个阿姨跟我打电话，说要给我介绍对象。在这个问题上，这个阿姨好像比我父母还急，总说我年龄不小了，要帮我找对象。这天阿姨让我去见一个男孩。我没什么兴趣，说不去。阿姨听了，在电话那边说是一个好男孩，你不要错过。我还是不同意。阿姨便说要不你自己先去看一下吧，他在村口摆了个照相的摊子。我一听笑了，我说这个人我早见过了。阿姨说你觉得怎么样。我说不怎么样，说着，我挂了电话。

　　再见着男孩，心里忍不住就想笑，这样就笑了出来。男孩见了，也笑，傻傻的样子，还说："照张大头照吧。"

　　我摇摇头，从他跟前走过去。

　　这后来的一天，我在村口那儿的小树林里捉到一只麻雀。我一走进小树林，就看见那只麻雀。显然，这是一只学飞的小麻雀，它飞不高，只能一扑一扑地跳着飞几米远。我赶紧扑过去，追了十几米远，把麻雀捉到了。

捧着麻雀走过那个男孩的照相摊时,男孩喊住了我,男孩说:"你刚捉到的?"

我点点头。

男孩又说:"你要带回家吗?"

我仍点头,还说:"带回家养起来。"

男孩说:"麻雀是养不活的,它不会吃不会喝,会饿死的。"

我没睬男孩,要走。但男孩又说话了,男孩说:"把你的麻雀给我,好吗?"

我说:"给你,这怎么可能呢?"

说着,我准备走。男孩见了,急了起来,说:"把麻雀卖给我吧,我给你十块钱。"

我说:"二十块钱,就卖给你。"我这样说,是不想卖。男孩不可能用二十块钱买一只小小的麻雀。但我错了,男孩真拿出二十块钱。我这时又不想卖了,男孩看出我的犹豫,急忙把二十块钱塞在我手里。然后从我手里把麻雀"抢"了过去。

拿到麻雀后,男孩又问起我来,男孩说:"你这麻雀是从哪里捉到的?"

我说:"你怎么这么啰唆。"

男孩说:"我请你告诉我。"

我只好往那边小树林指了指。

男孩往那儿去了。

我不知道男孩要做什么,于是在后面跟着他。很快,结果出来了,男孩走进小树林,然后双手一放。我听到麻雀"叽——"一声叫过后,飞到树上了。

这一刻，我忽地脸红了。

我随后匆匆离开了，当然，在经过男孩的照相摊时，我把二十块钱放下了。

也就在这天，那个阿姨又给我打了电话，阿姨在电话里说："我又认识一个男孩，很优秀的，你去见一面吧。"

我回答得很干脆，我说："不需要了，我已经看上了一个男孩。"

阿姨说："谁呀？"

我说："我不告诉你。"

谁都知道，我看上的男孩是谁，就是村口那个摆摊的男孩。

不错，一个连麻雀都不忍伤害的人，我无论如何也不会错过。

一样的人

村里有个女孩，说她在抚州做过事。男孩记住了这个叫抚州的地方，男孩喜欢女孩，女孩去过的地方，男孩想去看看。

这天，男孩就去了抚州。

不是太远，200公里，开车三个小时，就到了。

下了高速，男孩看到一排文化长廊，有王安石、汤显祖画像，还有王安石、汤显祖的诗。其中汤显祖的一首诗，男孩很喜欢，他念起来：

> 山也青
>
> 水也清
>
> 人在山阴道上行
>
> 春云处处生
>
> ……

念着时，男孩觉得这抚州就是个山也青，水也清的地方。男孩随后拿出手机，和汤显祖的诗合了一个影。

这天，男孩一直在抚州玩，去了王安石纪念馆，还去了汤显祖纪念馆，又去了抚州名人雕塑园。后来，男孩还开车去了王安石大道。在那里，男孩忽然接到女孩打来的电话，女孩说："在哪儿呢?"

男孩说:"在抚州。"

女孩说:"你怎么去了抚州?"

男孩说:"因为你呀,你在抚州做过事,我想到这个地方看看。"

女孩说:"感觉如何?"

男孩说:"感觉当然好,是那种很亲切的感觉。"

女孩说:"你以前去过抚州吗?"

男孩说:"没有。"

女孩说:"你第一次去抚州,怎么会觉得亲切?"

男孩说:"因为你来过,就觉得这里亲切。"

挂了电话,男孩继续走在王安石大道上。这是一条很宽的马路,有一个老人,过红绿灯,老人很老,步履蹒跚。路那么宽,男孩觉得老人走不过去,于是赶紧过去,搀扶着老人过了红绿灯。再走,男孩看到一辆车,这车因为避让一辆电动车而紧急刹车。是辆装沙的大卡车,这一急刹,便有许多沙子甩了出来。不一会儿,一个环卫工人拖了一辆板车来清扫沙子。男孩见了,过去帮忙,和环卫工人一起把沙子扫拢来,然后倒进板车里。做完,男孩继续走在那条路上,因为心情好,男孩哼起歌来:

我走过你走过的路

这算不算相逢

我吹过你吹过的风

这算不算相拥

......

回来后，男孩和女孩见了面，女孩问他："抚州怎么样？"

他说："当然好。"

女孩说："我也觉得抚州好。"

女孩说着，拿出手机，翻出她以前在抚州照的照片，和男孩说："抚州下了高速，就是文化长廊，我觉得这儿很美，有王安石、汤显祖画像，还有他们的诗，有一首汤显祖的诗，诗是这么写的'山也青水也清，人在山阴道上行，春云处处生'，这诗写得真好，我还在诗前拍了照哩。"

男孩说："我也在这儿拍了照。"

女孩说："你也在这儿拍了照呀，看看。"

男孩便翻出照片给女孩看，女孩看着照片，继续说着话，女孩说抚州有很多好玩的地方，有王安石纪念馆、汤显祖纪念馆，还有名人雕塑园。女孩还说抚州有一条王安石大道，是一条好宽的路，她在这条路上扶过一个老人过红绿灯，还和一个环卫工人一起，把卡车上甩出的沙子扫干净。

女孩说着时，男孩看着她笑，当女孩说到她搀扶老人过马路、帮环卫工人清扫沙子时，男孩更是笑得意味深长。女孩见了，问男孩："你笑什么？"

男孩说："我在笑我做了跟你一样的事。"

女孩说："怎么一样？"

男孩说："我也在王安石大道上扶一个老人过马路，帮一个环卫工人清扫马路上的沙子。"

女孩说："真的还是假的？"

男孩说："当然是真的。"

女孩说："我们怎么会做一样的事呢？"

男孩说："我们是一样的人呀。"

女孩笑了。

你这是说我吗

有一天我们去爬山，冬天了，看不见花，但植被还茂盛，山路两边长满了各种各样的高高矮矮的植物。只是，这些植物我们一种都不认识。同行一个人，或许和我有一样的想法，他问："路边这些是什么植物呀？"

我回答："不知道。"

从山上下来，我们看到山下许多田没人作，荒了，很多地杂草丛生，一看就知道抛荒了好多年。当然，在那一片荒芜里，也有一两块绿地，栽了菜。其中一块菜地里，还有人，我们走过去，看见这是个年轻人，我和他笑笑，对他说："好多地都荒了。"

对方说："是，村里的人差不多都出去打工了。"

我问："你怎么没出去？"

对方答："我喜欢作田。"

我对这个喜欢作田的年轻人有好感，我问他："你叫什么？"

对方答："田俊。"

我后来还见过这个田俊，一次我们聊起来，我说："你作了多少田？"

田俊答："栽了十亩水稻，种了一亩地的菜。"

我问："一年收入有多少呢？"

田俊答："一年一万多吧。"

我说："作十亩田，外种一亩地的菜，应该很辛苦吧，却只赚一万多块，作田确实赚不到钱。"

田俊说："不错，所以村里的人都到外面打工去了。"

我说："也因此，农村荒了很多地。"

田俊叹一声。

再见到田俊时，他告诉我："我现在作了三十亩地。"

我说："要是农村多些你这样的人，荒地就不会有这么多。"

田俊笑笑说："谢谢你这么看得起我。"

我忽然想交这个朋友，我说："我想加你微信。"

田俊说："好的。"

这以后，我不用去田俊那儿，也看得到田俊，在微信里看他。田俊会经常晒一些农村的图片，比如秋天，他会拍下一片金黄的稻田，并在上面写下这样几个字：

禾熟了，可以收割了。

我会在下面点赞。

这天又去爬山，在山下，我忽然发现，山下那一大片荒地都栽了禾，这时候，禾苗茁壮，绿油油一片。

很快，我看见田俊了，他在地里忙着，我走近他，问他："这些禾谁栽的？"

田俊说："我。"

我说："都是你栽的？"

田俊说："都是。"

我说："这么多地，你怎么忙得过来？"

田俊说："抛秧的时候请几个人，收割的时候有收割机，忙得过来。"

我说："你真不简单。"

田俊笑笑。

然后，我从田俊跟前走过，去爬山，在山上，我忽然发现栀子花开了，花香扑鼻。我们是几个人来，一个人跟我说："平时不知道路两边那些植物是什么，现在花一开，才知道是栀子。"

我说："不错，平时认不出它们，花一开，我们知道它们是什么了。"

我随后发了一条朋友圈，一张栀子花的图片，上面，是这样一首诗：

多次了

往你跟前走过

却不知道你是什么

默默地

你长在路边

毫不起眼

但有一天你开花了

我们一下子认出你来

还感觉到平凡的你

也很灿烂

我有田俊的微信，他在下面点赞，还评论：你这是说我吗？

我回复：是的，我说的就是你。

如 你

　　有一天，花儿村外来了好多推土机和挖掘机，还有好多大汽车，它们轰隆隆来，又轰隆隆去。花儿远远地看着，想不明白这里要做什么。

　　春生来了。

　　在村里，春生跟花儿最好，花儿在哪儿，春生肯定也在那儿，花儿见春生来了，问他："这里要做什么呀？"

　　春生说："修路。"

　　花儿问："修什么路？"

　　春生说："铁路。"

　　花儿问："这铁路要修到哪里去？"

　　春生说："修到抚州，然后通往广东。"

　　花儿听到后，开心的样子，对春生说："那好，等铁路修好了，我坐火车去广东。"

　　春生问："去那儿做什么？"

　　花儿说："打工呀。"

　　春生问："你也想出去打工？"

　　花儿问："当然，难道你不想出去？"

　　春生说："我不想出去。"

　　花儿问："你为什么不想出去？"

春生说："我还在村里作田呀。"

花儿听了，露出很惊讶的样子，花儿问："你还要在村里作田？"

春生点头。

花儿问："你看村里还有人作田吗？"

春生说："我不管别人，反正我喜欢作田。"

花儿说："真不知道你怎么想的。"

后来的一天，路基就修好了，也就是一条路修好了，花儿总在那路上走来走去，春生有时候也会跟着花儿一起往前走。一次走了很远，花儿看到一大片油菜花，花儿跑进去，很喜欢的样子，还跟春生说："我最喜欢油菜花了，金黄一片，真美。"

春生说："如你。"

花儿问："怎么如我了？"

春生说："你是花儿呀。"

回答春生的，是花儿咯咯的笑声。

终于有一天，铁路修好了，火车通车了，花儿也真的要坐火车去广东了。春生不想花儿出去，春生跟花儿说："你还是别出去吧。"

花儿问："我不出去，在这里做什么呢？"

春生说："跟我一起作田呀。"

花儿说："才不哩。"

后来，花儿走了，坐火车走的，火车开到花儿他们村那儿时，花儿从车窗里看到春生了，看到他怔怔地站在那儿。然后，花儿给春生发微信：我看到你了，傻傻地站在那儿。

春生回：我是舍不得你离开。

花儿回：舍不得我，就跟我一起走呀。

春生回：我不，我喜欢作田。

春生是真的喜欢作田，他后来种了更多的地，那些地，基本在铁路边上。春生在地里做事，当然看得到火车。火车开来时，春生会抬抬头，看着火车远去。有时候，春生还会给花儿发微信：一看到火车，就觉得你在火车里。

又发消息：甚至，觉得你回来了。

花儿回：我让你失望了，我没在火车里，也没回来。

春生又发消息：希望有一天你会回来。

花儿回：才不哩。

春生真的喜欢作田，村里那些荒了的地，春生都栽了油菜。这些地大都在铁路边上，几百亩。油菜种下后，春生给花儿发微信：我今年栽了好多油菜。

花儿回：好多是几多？

春生回：几百亩。

花儿问：不栽水稻吗？

春生回：栽，收了菜籽，就种水稻。

花儿问：那你怎么忙得过来？

春生回：是忙不过来呀，所以我请了好多人做事，但我最想的，就是哪天你站在我跟前，我们一起种地。

花儿还是那句：才不哩。

后来的一天，花儿回来了。

花儿是回来办事的，火车经过自己村子时，花儿把眼睛贴在玻璃窗上往外看，然后就看到油菜花开了，金黄一片，那真是灿烂辉煌。花儿叫起来："真好看。"

车里也有人往外看，也说："真好看。"

花儿马上说："这是我们村。"

有人接嘴："你们村真美。"

花儿忽然觉得很开心。

花儿随后给春生发微信：我看到你栽的油菜花了，一片金黄，隔着玻璃，我都闻到花香阵阵。

春生回：知道我为什么只栽油菜花吗？

花儿当然知道，但故意回：不知道。

春生回：因为你喜欢油菜花，你喜欢的，我也喜欢。还有，看到这些花，我好像看到你了。

花儿回：你这样说，我有一些感动了。

春生这天到车站接花儿，很快，他们流连在那片花地里，花儿很开心，大声说："真的很美。"

春生说："如你。"

花儿说："我现在都不想走了。

春生说："那就留下来。"

写在大地的爱

李程看上了一个女孩。

这是退伍后不久的一天，李程去抚州办事，街边有单杠，李程看见单杠就手痒，于是过去拉单杠，先是几个双立臂，再是大回环。边上一个女孩，看傻了，女孩喊起来："真厉害！"

李程看到女孩，觉得眼前一亮。

从单杠上下来，女孩又说："你拉单杠真的很厉害，我就没见过你这么厉害的。"

李程说："在部队学的。"

女孩说："难怪，你当过兵。"

说着话时，李程一直看着女孩，退伍后，李程想过要找女朋友，但找一个什么样的女朋友，他还没想好。现在，李程明白了，他要找的，就是这个样子的女孩。

李程大胆地加了女孩的微信。

离开后，李程给女孩发微信：你是那种让我眼前一亮的女孩。

又发：有一见如故的感觉。

女孩回：不会吧。

李程发过去：真的，就是那种一见如故的感觉。

女孩回：倒是我对你有一种好感，大概是你当过兵的原因，因为，我父亲也当过兵。

有一天，李程问女孩：你有对象吗？

女孩回：没有。

李程发过去：做我女朋友吧？

女孩问过来：想问一下，你现在在做什么？

李程回：才退伍不久，我想在乡下作田。

女孩说：你到抚州来打工吧，在比亚迪上班，我也在比亚迪上班，一个月可以赚 8000 块钱。

李程回：我还是想在乡下作田。

女孩发过来：如果你来比亚迪上班，我可以考虑做你女朋友。

李程回：我还是想留在村里。

李程和女孩的爱情还没开始，就结束了。

但李程和女孩还是朋友，保持着联系。这天，他邀女孩到他村里玩。进村的路倒还宽敞，但路两边的田大都荒了。指着那些荒地，李程对女孩说："你看到了吗，荒了好多地。"

女孩说："所以你想在家里作田？"

李程点点头，在路边站下来，然后对女孩说："我想先栽紫云英。"

女孩问："紫云英是什么？"

李程说："就是红花草呀。"

女孩说："明白了，紫云英又叫红花草，它有什么用？"

李程说："用处太多了，首先，紫云英开花的时候，可以养蜜蜂，产的蜜叫紫云英蜜，这个蜜现在很少有了。花谢了可以收草籽，最后肥田。栽过紫云英的地里栽禾，产量非常高。"

女孩说："你还真想在家里作田呀？"

李程说："不仅我想，还想让你一起来。"

女孩说："才不哩。"

显然，他没有留住女孩。

李程没有把他的想法停留在脑子里，随后不久，李程动手了，放水，耕地。当然，是雇了耕机来耕，耕了几百亩，然后撒草籽，撒肥。

不久，地里便一片翠绿了。

李程把这片翠绿拍下来发给女孩看，还说：现在，大地一片翠绿了。

女孩回：不错，为你点赞。

李程跟女孩经常有互动，这天，李程发微信给女孩：我已经和几个养蜂人谈好了，紫云英开花的时候，就让他们来采蜜。

女孩问：这对你有什么好处呢？

李程答：我们签好了合同，他们来采蜜，三七分，我分三成。

女孩回：你还蛮能干的。

李程问：我这么能干，不考虑做我女朋友吗？

女孩回：我不想去乡下。

李程发过去：我相信我会打动你。

一转眼，紫云英开花了，他又发微信给女孩：紫云英开花了。

女孩回：紫云英开起花来非常好看，特别浪漫。

李程发过去：来看呀。

女孩回：肯定来。

这天，女孩来了，这时候紫云英还没大面积开花，田里青青翠翠一片，但有一块地，开花了李程指着开花的地方让女孩看，说："你看那些花，是什么字？"

女孩看见，那些紫色的花开出来两个字，是"爱你"两个字。

女孩很惊讶，问李程："怎么做到的？"

他说："早几天撒籽，勤浇水，然后在一片翠绿里就会开出'爱你'两个字。"

女孩说："太浪漫了。"

李程说："我把对你的爱写在大地上了，做我女朋友吧？"

女孩没作声，但点了点头。

我还没有对象

那个村子和李禾住的小区只隔着一条马路，李禾没事的时候，会穿过那条马路，往村里去。村子不大，一条铁路从村边绕过。铁路边上有一块地，六七亩，地里没栽东西，荒了。李禾看着这块地，摇头，跟自己说："多好的地呀，荒了。"村里有一个老人，在那块荒地边上栽了些菜，老人有一天跟李禾打着招呼说："这阵子总看见你到这里来玩。"

李禾说："我就住在边上的东方家园，离这儿近，没什么事，到这里来走走。"

老人说："以前没见过你呀，新搬来的吗？"

李禾说："是，我以前是凤岗李家人，村里拆迁了，就在这里买了房。"

老人说："难怪你喜欢往乡下跑，原来你也是乡下人。"

李禾说："我是真喜欢乡下，原来我们村没拆迁时，我也不喜欢去城里打工，只在乡下栽禾。"

老人说："你这样的人少，我们村里年轻人都出去打工了，乡下没什么人，只有我们这些老家伙。"

李禾说："我注意到了，你看看这块地，因为没人种，都荒了。"

老人说："这块地是我的，我年纪大了，种不过来，就没种这块地，让它荒了。

李禾说："你们村荒了好多地。"

说完李禾叹一声，走了。

李禾后来又看见了老人，老人就住在那块荒地边上的矮屋里。很多时候，老人会坐在门口发呆。李禾有时候会坐在老人边上，也发着呆。李禾现在知道，老人有两个儿子和一个女儿，都在厦门打工。有火车呼啸而过，老人看一眼火车对李禾说："现在出去方便，我儿子女儿就是坐这火车出去的。"

李禾说："不错，这火车是昌厦线。"

老人说："刚刚这火车上，说不定就坐着我女儿，她今天回来。"

李禾说："很有可能。"

李禾第二天见到老人的女儿了，是个漂亮的女孩子。李禾见了她，点点头，还笑。女孩看着李禾，问他："你是谁？"

李禾说："我住在边上的东方家园，没事时会到这儿玩，认识了你父亲。"

女孩"哦"一声。

这个女孩子真的蛮漂亮，李禾想再见到她，但没见到，李禾一连去了好几次，都没见到女孩，于是问老人："你女儿呢？"

老人说："赶回来办点事，住了一晚，就走了。"

李禾没再说什么，只看着眼前一块荒地发呆，呆了许久，李禾忽然跟老人说："我来帮你种这块地吧？"

老人说："你还想作田？"

李禾说："我不愿出去打工，在家里也没什么事，还是想作田。"

老人说："可以呀，这块地给你种。"

李禾说："我每亩给你 200 块钱，这里总共有六亩左右，到时给你 1200 块。"

老人说："这是荒地，我不要你的钱。"

李禾随后就动手了，他先挖了一小块地，然后放水，老人当然看得明白，李禾要先育种。接着李禾放水浸那块荒地，浸了几天，便请了耕机来，耕机在地里来来回回几圈，一块水田就出现在老人眼前了。老人看着那块水田，跟李禾说："看得出来，你是作田的好手。"

李禾说："我喜欢作田。"

半个月后，这块地就青青翠翠了。

这期间，老人的女儿又回来了一趟，在火车上，女孩看到自家那块地上栽了禾，女儿回来后问老人："爸，你又种这么一大块地，身体吃得消吗？"

老人说："不是我种的。"

女孩问："谁种的？"

老人说："那个小伙呀，上次你回来时见过他。"

女孩问："他会种地吗？"

老人说："人家也是乡下的，村里拆迁才搬到边上东方家园来住。"

女孩"哦"一声。

李禾栽的是早稻，地里开始青青翠翠，随后便一片金黄。村里有人往那块地边走过，都说这禾栽得好。他们当然知道这地是李禾种的，一个人见了李禾，对他说："我那块地也荒了，你把我那块也种了吧？"

李禾说："好呀。"

又一个人见了李禾，也说："我家也有一块荒地，你把我那块也种了吧。"

李禾仍说："好呀。"

李禾真是种田的好手，那六亩地，收稻将近五千斤。一斤一块二，五千斤便是6000块。李禾当时说了每亩给老人200块，六亩共1200块，但李禾把这些钱给老人时，老人怎么都不肯拿，老人说："我说了不要你的钱。"

李禾说："我怎么能白种你的地？"

老人说："什么叫白种，是你自己劳动所得。"

李禾只得暂时作罢。

这天李禾没看到老人，到老人屋里一看，发现老人病了。李禾就把老人送去了医院，刚好那些钱，为老人垫了医药费。

老人很感动，逢人就说李禾好。

这年十月，老人的女儿又回来了，她在火车上，就看到整个村里的地都绿了。回到家里，女孩说："我在火车上看见村里的地都栽了禾。"

老人说："那个小伙栽的。"

女孩说："那个小伙还真勤快。"

老人说："不但勤快，人还好，我病了他还送我去医院。"

女孩说："那要感谢人家。"

见着李禾时，女孩说："我父亲跟我说了，他病了是你送他去的医院，谢谢你！"

李禾说："谁都会这么做。"

女孩说："我看见全村的荒地你都栽了禾，你真勤快。"

李禾说："我不喜欢在外面打工，再说在外面打工也赚不到多少钱，还不如在家作田。"

女孩说："我也觉得现在外面钱难赚，真的不如在家种地。"

李禾说："那你不要出去打工，也在家种地。"

女孩说："我不大会种地。"

李禾说："有我嘛，我会帮你。"

女孩之后再没出去，在家种地。这时候她和李禾关系很好了，有一天她问李禾："总见你一个人，你老婆呢？"

李禾说："我还没有对象。"

边上有人，其中一个人跟李禾说："那在我们村找一个。"

这话说过，一伙人都看着女孩，女孩就看看这个，又看看那个，然后说："你们看着我做什么？"

一伙人说："你说为什么？"

女孩脸红了。

李禾和女孩的故事，开始了，当这年秋天收获的时候，他们也收获了爱情。

点点关注，加粉丝团

离抚州市区三十里，是桐源乡南溪村，这个村很多年轻人都出去了。他们当中，李东算是有出息的一个。李东在东莞一家电子厂上班，因为歌唱得好，便在抖音里唱歌，他经常唱的是一首自己改编的歌：

我是抚州的孩子

抚州是我的家

我愿用生命去孝敬

慈祥的阿爸阿妈

长长的抚河水

难把我真情表达

高高的状元岭

你是我日夜仰望的神话

……

这歌唱得很动情，因而圈粉无数，可以这么说，李东也是一个网红了。再后来，李东在抖音里带货，赚了不少钱。

让人没想到的是，有一天，李东回到南溪村了，村里有人知道李东是网红，就说："李东你现在是网红了。"

李东说："小网红。"

有人不懂，问道："网红是什么意思？"

有人回答："网红就是在抖音里有很多粉丝的人。"

又有人问："抖音又是什么？"

这回有人反问："你连抖音都不知道？"

还真有人点头。

李东很快就让人知道抖音是什么了，李东打开手机，让他们看自己在手机里又唱又跳，还让他们看自己在手机里带货。这下有人更惊奇了，问李东："你还可以在手机里卖东西？"

李东回答："可以呀，我这次回来，就是要卖我们乡下的农产品。"

村里人看着李东，不相信的样子。

李东说："手机里真的可以卖东西，相信我。"

第二天，李东就直播带货了，来听他的开场白：

今天，我回到了自己的家乡抚州桐源乡南溪村，我们这里家家户户都会栽红薯栽芋头栽荸荠栽甘蔗，但把这些农产品卖出去却是个难题，农民往往一上午才能卖出去几十斤红薯，费工费时，也因此，农民种地的积极性不高，多数农民只种一些自己吃的。当然，也有喜欢农村、喜欢土地的人，比如我身边这位大哥，他叫李田光，在我们农村，像他这个年纪的人，大都出去打工了，但李田光不想出去打工，他喜欢种地，种了二十多亩地，除了栽水稻，还栽各种各样的农产品，由于销路不畅，李田光并没有赚到多少钱。我是从这个村走出去的小网红，我认为我有义务帮助像李田光这样的人。为此，我决定回到我老家，为我的乡亲做点实实在在的事，这就是直播带货，卖我们农民自己栽种的东西，请大家支持我，点点关注，加粉丝团……

村里人都围着李东看，很好奇，但更多的是怀疑，怀疑他是否真的能卖出东西。

李东继续说：

你们看这红薯多好，红扑扑的，个一样大。今天，在我的直播间，这么好的红薯只卖 3 块一斤，还包邮，上车……

不到一分钟，卖出 200 多单，1000 多斤。

有人还是不信，问李东："你真的卖出了 200 多单？"

李东说："是呀，千真万确。"

有人说："一分钟能卖出 200 多单？"

李东说："这算什么，有些大网红，5 秒钟卖出一万单，两万单。"

边上的人惊得张大了嘴巴。

这天直播一个小时，李东卖出红薯 3000 多斤、芋头 2000 多斤、荸荠 1000 多斤。乡亲们这才相信李东在手机里就可以卖东西，他们见了李东，都说："李东，你真的出息了。"

李东呵呵地笑。

很快，南溪村农民家里那些红薯芋头荸荠等农产品都卖光了，因此，李东在手机里卖东西出了名，附近的乡亲也找上门来，要让李东卖他们家里的东西。李东来者不拒，他成立了南东公司，公司员工就是南溪村的大伯大妈，他们进货出货，每天忙得不亦乐乎。

这天，李东做了一场山茶油直播，来听开场白：

我们这里是赣东山区，山不是很高，但漫山遍野都是油茶树。油茶树在12月开花，白白的油茶花一开，像是白云飘落在山间。花开后，油茶籽就长了出来，我们吃的山茶油就是用油茶籽榨出来的。秋天的时候，满树都是油茶籽，农民也会在这个时候去山上摘油茶籽，然后晒干去壳拿到榨油厂榨油。通常，一个秋天，几乎每家每户都能摘到上千斤油茶籽，按一斤油茶籽榨二两油来算，每家每户能榨到200斤山茶油。但是，这些油，乡亲们很少卖得出去，因为没有销路，多数情况下，这些山茶油都是自己吃或送人。今天，我在这里做山茶油专场，就是想帮我的乡亲把这些山茶油卖出去，我们这里山茶油一百块钱一斤，但今天在我的卖场，我卖给我的粉丝六十元一斤……

直播现场后面站着许多大伯大妈，他们一起喊：点点关注，加粉丝团，山茶油六十元一斤……

我就是这样的人

村里年轻人差不多都出去了。

只有王小年没出去。

有人问王小年：你怎么不出去打工？

王小年答：我母亲身体不好，我出去了，没人照顾她。

又问：那你在家做什么？

答：作田。

问的人说：作田没有打工赚钱。

王小年答：知道。

知道作田不赚钱，但王小年还是待在村里。

王小年有三亩三分田。

三亩田栽水稻。

三分田栽萝卜芋头和甘蔗。

三亩田一年能产粮5000斤，还是早晚两季的产量，一斤谷一块一角钱，总计5500块钱，除去农药化肥种子的成本，最多只能留下3000块钱。

三分地栽萝卜芋头，这些东西一半吃一半卖，能卖到500块钱。

这些收入，只够王小年和他母亲勉强吃口饭。

一晃过去了几年。

村里人都做了屋。

只有王小年家没做。

村里年轻人都娶了媳妇。

只有王小年没娶。

有人劝王小年：你还是出去打工吧？

王小年答：我现在喜欢作田。

人家问：作田有什么用？

王小年说：有用呀，我可以种出稻谷，每次看见麦浪翻滚，我就开心。我还可以栽出红薯，每次挖红薯时，我也开心。

人家问：就你那三亩田，吃饭都是问题吧？

王小年说：我可以多种呀。

王小年后来种了二十亩田。

见了那个人，王小年说：我种了二十亩田。

那人说：二十亩田也赚不到钱，我跟你算。一亩田产粮 800 斤，早晚两季 1600 斤，二十亩田是 32000 斤，一斤谷一块一，32000 斤就是 35200 块，除去成本，你一年只能赚到 20000 块钱。

王小年说：不错呀，能赚 20000 块钱。

那人说：这点钱你做不起屋。

那人又说：也娶不到老婆。

那人还说：你还是去城里打工吧，三个月就可以赚两万块钱。

王小年摇着头说：我还是喜欢作田。

这时候王小年会用微信，会发朋友圈。

这天，他拍了几张照片，照片里是绿油油的禾苗，王小年把照片发在朋友圈，上面写：这些田原本被人抛荒了，是我把它们变成绿油油的一片。

很多人点赞。

也有人评：好看。

稻谷黄了，他又发了朋友圈，上面写：麦浪翻滚。

也有人点赞。

仍有人评：喜看稻千重浪。

王小年回复：开心。

王小年这天又发了朋友圈，是挖出的满地红薯，王小年在上面写道：看着这些果实，很充实。

又是许多人赞。

王小年的朋友圈很多人，这天，有个人也发了一条朋友圈，几张照片和一首诗，照片是几张沙滩上的植物，诗如下：

　　　　沙滩上的植物

　　　　很寂寞吧

　　　　如果不是我来

　　　　也许

　　　　它们一辈子都不会被人发现

　　　　但我来与不来

　　　　它们并不介意

　　　　我来，它们在这里

　　　　我不来，它们也在这里

　　　　默默地，它们开花

　　　　默默地，它们结果

就像有些人

一辈子默默无闻

但他们

依然快乐

王小年觉得这首诗好，立即在下面点了赞。

还在下面评论：

我就是这样的人。

我喜欢种地

平常在乡下,是很少看得到女孩的,但这天在李坊村,忽然看到一个女孩子,是那种看着就让人喜欢的女孩子。看着她,忽然觉得整个世界都美好起来,于是脱口而出:"这乡下怎么有这么好看的女孩子呢?"

女孩居然看着我笑了一下。

我继续:"就没见过你这么好看的人。"

女孩说:"谢谢!"

女孩谢过,走开了,我想跟着,又觉得不妥,于是眼睁睁地看着女孩走了。

女孩虽然走了,但我还站在那儿,因为这个女孩,我真的觉得整个世界都美好起来,说具体一点,就是觉得这李坊村很美好。过后,我就喜欢去这个李坊村了,也想再看到那个女孩。但遗憾,我再没看到那个女孩,我在村里走来走去,一次也没见到她。一天一个老人向我走来,我忽然想问问他,于是开口说:"早几天看到一个好看的女孩,这几天怎么没看到呢?"

老人说:"好看的女孩,村里有吗?"

有些失望,但见了人,还是想问,这次是个女人,我问她:"早几天看到一个好看的女孩,这几天怎么没看到呢?"

女人说:"我们村有好看的女孩吗?"

我不作声了。

但我还是会去那个叫李坊的村子，有时候开车在乡下玩，开着开着，车就开进了李坊村。当然，还是没看到那个女孩。多来了几次，忽然发现村里还是有变化的，村里主路都铺了水泥，还建了公共厕所，禾场上装了单杠双杠跑步机等健身器材。不仅是村里有变化，村外也有了变化。进村有一块地，很大一片，以前好像荒着，现在都栽禾了，绿油油一片。还有一块地，是村路连着大路的地方，栽了一片扁豆。扁豆旁边，栽了一片丝瓜。丝瓜边上，栽了一片冬瓜。后来，扁豆丝瓜冬瓜都开花了，扁豆开紫花，丝瓜开黄花，冬瓜开白花，于是一块地里便有些姹紫嫣红了。

这时候，我觉得这个村真的很美。

我是个喜欢说话的人，一次看见一个老人，我跟她说起话来，我说："觉得你们村变了。"

老人问："怎么变了？"

我说："村里整洁了，村外的荒地都栽了东西，你看那片地，成片成片地栽扁豆丝瓜冬瓜，现在开花了，五颜六色好看得很。"

老人说："那是李芳栽的。"

我问："李芳是谁？"

老人说："我们村考取大学的大学生，去年毕业后她又回来种地了。"

我问："李芳呢，见得到她吗？"

老人说："她带人在那边拔花生。"

然后老人做我的向导，我跟着。不久，看见一片花生地，几个人，在地里拔花生，老人指了指她们中的一个，跟我说："那个就是李芳。"

我便看见一个有些黑的女孩，也有点瘦，我过去跟她打招呼，问她："听说你大学毕业回来种地？"

李芳说："是，去年回来的。"

我说："读了大学，怎么还会想到回来种地呢？"

李芳说："我喜欢种地。"

我记住了这句话，当然，也记住了这个叫李芳的女孩。我后来还见过她，不是一次两次，是好多次，反正我喜欢这个叫李坊的村子，没什么事时，便会开车去这个村。一次看见李芳打电话，那时候稻子熟了，地里一片金黄，李芳站在一片金黄里打电话联系收割机。等她打完电话，我问她："你总共种了多少地呢？"

李芳说："水稻栽了 200 亩，花生扁豆丝瓜冬瓜十多亩。"

我问："能赚钱吗？"

李芳说："大概十万元吧。"

接着李芳又说一句："赚多赚少我不是很看重，我最怕的是地荒了。"

我说："我也是这种感觉，在乡下看见地荒了，心里多少有点不舒服。"

李芳点点头，忽然问我："你不是我们村的吧？"

我说："不是。"

李芳问："怎么经常到我们这儿来呢？"

我说："跟你说吧，有一天我在你们村看到一个女孩，觉得她很美，看到那样好看的女孩，我觉得整个世界都美好起来。"

李芳说："可是我现在不美了，黑了。"

我说："那女孩是你?"

李芳说："是呀，你当时说这乡下怎么有这么好看的女孩，还说你就没见过这么好看的人。"

毫无疑问，李芳就是那天我见过的女孩，虽然她现在黑了瘦了，但站在一片金黄的稻田边，我依然觉得她很美，觉得整个世界都美好起来……

美好岁月

大地上的花毯

小亚是爷爷带大的，后来，小亚随父母去了城里，但爷爷还在乡下。一次小亚跟父亲去看爷爷，见了爷爷，小亚说："爷爷，你到城里来呀，跟我们一起住。"

爷爷说："我不去城里。"

小亚问："为什么？"

爷爷说："我去了城里，我种的地就荒了。"

小亚不再问了，跟爷爷一起去地里。爷爷地里栽了禾，栽了玉米，还栽了苦瓜丝瓜南瓜冬瓜，茄子辣椒和花生。那是小亚放暑假的时候，花生熟了，爷爷在地里拔花生，小亚跟爷爷一起拔花生。花生边上有一块地，荒了，小亚说："这块地怎么荒了？"

爷爷说："这是春生家的地。"

小亚问："春生怎么不种地呢？"

爷爷说："春生一家都搬城里去了，他的地没人种，就荒了。"

小亚说："所以爷爷说你去了城里，我们家的地也会荒了？"

爷爷说："不错，所以我不去城里。"

拔了花生，小亚又跟爷爷去摘辣椒，辣椒边上也有一块地，同样荒了，小亚又问爷爷："这块地也荒了，谁家的地呢？"

爷爷说："李阿公家里的地。"

小亚说："李阿公去了城里？"

爷爷说："是，被他儿子接城里去了。"

小亚往远处看，远处好大一片地，都荒了，小亚问爷爷："那边好大一片地，怎么都荒了？"

爷爷说："地没人种了，就荒了。"

小亚说："人呢？"

爷爷说："都去城里了。"

爷爷说着这话时，三公往他们跟前走过，三公见了亚子，便说："亚子来看你爷爷呀。"

小亚"嗯"了一声，然后说："三公你没去城里吗？"

三公说："我不去城里，我要跟你爷爷做伴。"

小亚说："好多人都去城里了，荒了这么多地。"

三公说："现在乡下到处是荒地。"

说着，三公走了。

小亚和爷爷还在摘辣椒，摘了辣椒摘茄子，后来又在地里浇水。做完这些，爷爷有些累了，坐在田埂上休息。小亚坐在爷爷边上，小亚看见爷爷的眼睛一直看着远处的荒地，小亚便问爷爷："爷爷，你看什么呢？"

爷爷说："我看见荒地，心就慌，真想把那些荒地都种上。"

小亚看着爷爷。

爷爷接着说："这块荒地有将近一百亩，我栽五十亩水稻，十亩荞麦，十亩玉米，十亩芝麻，还栽丝瓜花生和扁豆。扁豆开紫花，荞麦芝麻开白花，丝瓜花生开黄花，禾熟了，金黄一片，多好看。"

小亚看着那片荒地，这时，小亚眼里仿佛开着黄的白的紫的花，小亚说："如果这样，那大地上就有一块花毯了。"

爷爷说："真想把那块荒地种了，让它变成花毯。"

但爷爷的理想没有实现，小亚去看了一次爷爷，看见那块荒地还荒着；又去看一次爷爷，看见那块荒地仍荒着；再去看一次爷爷，那块荒地依然荒着。这天，小亚又和爷爷坐在田埂上，爷爷说："爷爷老了，心有余力不足了，没有办法种那么多地了。"

小亚看着爷爷，爷爷眼里，也是荒芜一片。

爷爷当然一直还在乡下，仍在栽禾，栽玉米，栽苦瓜、丝瓜、茄子辣椒和花生。但有一年，爷爷摔跤了，摔断了骨头。这样，爷爷再不能种地了，被小亚的父亲接到城里来了。

在城里，满眼都是高楼大厦，但爷爷眼里，仍然是荒芜一片。亚子那时候在读大学，但每次小亚回来，爷爷就说："我们家那块地荒了。"

小亚安慰爷爷，小亚说："不会的，也许三公种了那块地呢？"

爷爷说："三公年纪也大了，种不了那么多地。"

小亚不作声了。

爷爷后来一直住在城里，小亚却去了乡下。不知道是受了爷爷的影响还是小亚本身就喜欢种地，小亚大学毕业后，竟选择去农村创业，说直白一点，就是种地。当然，是规模化种地，种了几百亩。种这么多地，小亚便整天待在农村，爷爷总见不到他。偶然，爷爷见小亚回来，便会问小亚："总见不到你，你在忙什么呢？"

小亚回答："种地。"

爷爷说："种地？"

小亚说："是的，我在乡下种地。"

这后来的一天，小亚接爷爷去乡下玩，走到爷爷自己以前种的那块地上，爷爷不敢相信自己的眼睛了，爷爷问小亚："我们家的地没荒？"

小亚说："没荒。"

爷爷问："你种的？"

小亚说："我种的。"

小亚说着，伸手往远处指了指，然后说："爷爷，你看那边。"

爷爷便看见了一块很大的地，栽了禾，绿油油的一片。还栽了荞麦、芝麻，以及扁豆丝瓜冬瓜花生。一块地里，便开出紫的花、白的花、黄的花。风吹来，禾浪翻滚，芳香徐来。

爷爷真正在大地上看到花毯了。

你是那个给我树苗的人吗

　　有人开车经过一个叫黄坊的村子，那人口渴了，下车找水喝。路边就有人家，门口坐了人，一个四十岁左右的女人。那人走到女人跟前，对女人说："口渴了，想在你这喝点水，井水也可以。"

　　女人很热情，女人说："井水怎么行，我这有开水。"

　　女人说着，进去倒水给那人喝，但过了好一会儿，才把水端出来。把水递给那人时，女人说："刚好有亲戚送了我一袋茶叶，我泡了茶给你喝，也不知道好坏。"

　　那人倒是个惯好茶的人，端过茶喝了一口，便说："不错，挺好的茶。"

　　那人又说："谢谢！"

　　那人也不急，就在女人门口慢慢喝茶，喝过，还从车上拿来杯子装了一杯。走时，那人又说："谢谢啊。真的谢谢！"

　　女人说："不用谢！"

　　那人就上车了，但随即，那人又下车了，对女人说："我的车上装了很多柚子树苗，我给你两棵吧？"

　　女人说："不要吧。"

　　那人说："我这树种好，栽出的柚子特别甜。"

　　说着，那人从车上拿了两棵树苗给女人，走的时候，那人说：

"你一定要栽啊，这柚子确实很好。"

女人说："谢谢！我一定栽。"

那人朝女人招招手，开车走了。

女人没有辜负那人，真的把树苗栽在自家的山坡上。

一年过去了。

两年过去了。

三年过去了。

第四年，树上结了柚子。柚子不大，女人不觉得那柚子会好吃到哪里去。但秋天的时候，柚子熟了，女人打了一个下来，尝了尝，女人眼睛都亮了，那柚子真的很好吃，水多，又甜，而且甜中带一点点酸，很有柚子味，比超市买的沙田柚好吃多了。这是个好客的女人，随后打了好多下来，给村里人吃了。村里人吃过，也都眼睛发亮，都问她："你哪里弄到这么好的种呀？"

女人说："一个开车往我门口过的人给的。"

有人问："那人是谁呢？"

女人说："我不知道。"

女人确实不知道那人是谁，但从这天开始，女人想知道那人是谁或者说女人想认出那个人来。黄坊村是抚州到金溪必须经过的地方，村里也有很多古建筑，经常有人来玩。过路的人或者来玩的人有时候坐在女人门口，女人这时候会拿柚子给人家吃，所有吃过柚子的人都说："这柚子真好吃。"

又问："是你这里栽的吗？"

女人说："是我栽的，树苗是一个开车往我门口过的人给的。"说过这话，女人又问，"你是那个给我树苗的人吗？"

人家摇头。

这两句话女人后来经常说，有人坐在女人门口，女人便拿柚子给人家吃，在人家说她柚子好时，女人总说："这是个开车往我门口过的人给的树苗。"

女人又问："你是那个给我树苗的人吗？"

人家每次都摇头。

女人的柚子好吃，村里人便有人来嫁接，开始是一户两户人家剪了树枝去嫁接，后来村里几乎所有的人家都互相剪枝嫁接。若干年过去，黄坊村的人都栽了柚子。秋天的时候，村前村后漫山遍野都是柚子树，柚子黄了，到处是黄灿灿的一片，有人站在远处的山上往黄坊村看，像有一片红霞落在村里。柚子确实好吃，很多人慕名而来，这样，黄坊村就出名了，有人提到黄坊，就会说那里的柚子好吃。不仅金溪的人这样说，抚州的人也这样说。很多人都会开车去买，女人的家就在路边，有人买柚子，先把车停在女人门口，然后问："哪儿有柚子卖？"

女人说："我家就有。"

就有人坐在女人门口，女人还和以前一样，先剥柚子给人家吃，吃过，有人说："这柚子真好吃。"

又有人问："你们村怎么栽得出这样好的柚子？"

女人说："这是个开车往我门口过的人给的树苗。"

女人又问："你是那个给我树苗的人吗？"

吃柚子的人都摇头，但说："这柚子真的很好吃。"

向您致敬

九月底，秋意已浓，但我眼里这片禾田还一片青绿。秋风吹来，禾浪翻滚，好像在向我点头致意。这是临川区上顿渡镇张家村，这个村离我住的小区不远，我有时候散步，都会走到这儿来。记得早几年，这儿还荒了一些地，左一块右一块的荒地，像大地上的疤痕，但现在看不见这些荒地了，我眼里的大地，像一块绿毯。

铺开这块绿毯的，是邓东根。

此刻，邓东根就走在这块绿毯里，当然，这时候我并不知道他叫邓根东，我看见一个人拖着一把锄头迎面走来，近了，我看清对方三十几岁的样子，虽然黑瘦，但不难看。对方向我点了点头，还打招呼说："以前没见过你呀？"

我回答："我住在附近的东方家园，散步到这儿。"

对方"哦"一声，跟我说："你住东方家园呀，我们邓家就在你家门口的马路对面。"

我有些迷惑，我说："你是邓家的，这儿应该是张家，你怎么荷着锄头在这儿呢？"

我的迷惑很快被解开了，对方停下来跟我聊天，然后，我得知这个人叫邓根东，今年35岁，是我们东方家园对面的邓家村人。早几年邓根东还在外地打工，但这两年他没出去，就在家作

101

田。开始，他只租了自己邓家村的一些地。张家村有一片地，和邓家的地连着，邓根东又把这片连着的地也租了，为此，在张家这儿，我遇见了邓根东。

我们还聊了很多，因为是一问一答，可以省去多余的话，直接上台词吧。

你总共种了多少地？

二百亩吧。

都栽禾吗？

都栽禾。

为什么不种些别的？

忙不过来。

早晚两季都种吗？

都种。

早稻亩产多少？晚稻亩产又是多少呢？

早稻1200斤左右，晚稻1000斤左右。

能赚到钱吗？

当然能赚钱。

能赚多少？

一年七八万吧。

种200亩地，才赚七八万？

开支大呀，租一亩地200多块，种子化肥以及请人收割等花销要占去一半多，所以实际上一年只能赚七八万。

现在谷价是多少？

一百斤九十五块。

一百斤不是一百三十块吗？

那是晒干的谷子，湿谷是九毛五一斤。

为什么不晒干来卖？

忙不过来，再说这两百亩地的谷子，也没地方晒呀。

听说种粮有补贴？

有，每亩一百多元。

你以前在外打工也能赚钱，为什么要回来种地呢？

我喜欢种地，比如现在看到禾抽穗了，有成就感。还有就是我看到荒地，心里就慌，我认为土地就是栽东西的，荒了，是资源浪费。

向您致敬！

我后来还见过几次邓根东，他都在地里忙碌，只有一次，看到他在一座小桥上浇水，那是张家村外一条小溪上的一座小桥，七八米长，一米多宽。看得出，那小桥的一半是新铺的水泥，另一半，是老水泥。邓根东在为新铺上的水泥浇水。

我们又聊了起来，也是一问一答。

你在做什么呢？

这桥塌了一半，我把它修好了。

这应该是张家的桥吧，是他们出钱让你修的？

没有，我自己想修好它。

他们张家的桥，你帮他们修？

我要走呀，不修我三轮车过不去。

花了多少钱？

2000块。

可这样一来，又增加了成本呀，你说是不是？

不要紧，方便了自己呀，当然，也方便了别人。

向您致敬！

过后有许久没看到邓根东了，但无妨，很多时候，只要走在田野里，看见那一片青绿，我好像看见邓根东了，他荷着锄头正缓缓向我走来……

他叫王晓东

王晓东，抚州仙临山王家村人，50岁，种田为生。

很多年前，我就和一个叫杨华林的文友去过仙临山，路线很复杂，经长岭、白岭、张家、李家等村庄，然后到仙临山。仙临山不大，只是一个小山包，传说当年有神仙在山上歇脚，因此这个小小的山包才有仙临山这样好听的名字。仙临山周边有好几个村，如仙临山饶家、仙临山王家、仙临山祝家等。仙临山边上有一条河，叫凤岗河。这凤岗河其实只是一条溪，十几米宽。从长岗、凤岗那边流下来，再往抚北流入抚河。当年我和杨华林去仙临山的时候，并不认识王晓东，我们只是来看仙临山。后来，我又去了仙临山。这次，见到了王晓东，这是个瘦小的男人，他和一个同样瘦小的女人在地里拔甘蔗。我走近他们，还说："拔甘蔗呀。"

王晓东说："没见过你。"

我说："我是抚州的，喜欢到乡下玩。"

王晓东说："抚州的呀，来吃甘蔗。"

我也不客气，拿起一根甘蔗啃起来，然后说："好甜。"

王晓东说："甜就多吃点。"

我说："我帮你买点。"

王晓东说："买什么，地里的东西，拿些去。"

我说谢谢，然后问他："村里没看到什么人，人呢？"

王晓东说："我们这儿离抚州近，大家都到抚州做事去了。"

我问："你没去吗？"

王晓东说："我没去，我喜欢作田。"

其实那时候我并不知道他叫王晓东，我没问，他也没说，但这个说他喜欢作田的人，我记住了。我喜欢去乡下，以前骑自行车，后来骑摩托，再后来开汽车，反正什么时候我都喜欢往乡下跑。后来的好多年，我多次去仙临山，也见到过王晓东。每次见到他，他都在地里忙着，比如栽禾耘禾、施肥浇水、摘茄子辣椒等。一次看见王晓东在地里挖红薯，挖出的满地红薯我看着都喜欢，于是我说："看着一地的红薯，你很有成就感吧？"

王晓东说："这是我劳动的果实，看着确实满心欢喜。"

后来，仙临山一带发生了翻天覆地的变化，先是火车站建在这儿，就建在仙临山饶家边上，铁路则从凤岗河那边铺过去。接着凤岗河两边建湿地公园，把一条十几米宽的小溪拓宽一百米，有的地方挖得更宽，几百米，这就不是河了，是湖。仙临山饶家拆了，祝家也拆了，开发高档住宅区，那名字听起来就高大上，叫铜锣湾。仙临山王家，也就是王晓东他们村还没拆，一天我开车去那儿转，又见到王晓东了，我问他："你这儿也要拆吧？"

王晓东答："肯定。"

我问："几多钱一平方米？"

王晓东答："饶家祝家那边是 3900 元一平方米。"

我说："每家都做了楼，有三四百平，可以得到 100 多万。"

王晓东说："我情愿不要拆，在乡下多好，有田有地，拆了，什么都没有了。"

王晓东边说边给辣椒浇水，我说："都要拆了，还浇什么水。"

王晓东说："一天不拆，我就不会让我的地荒了。"

我说："你真的是一个喜欢作田的人。"

王晓东笑了。

我和王晓东有缘，仙临山王家拆迁后，王晓东居然在我住的东方威尼斯买了房，这就是说，我们成邻居了。他真的对土地很眷恋，搬来没多久，他就在小区里开了一块地，要栽茄子辣椒，但才把地弄好，保安就来制止了，说小区里不能栽菜。王晓东求情，说他栽惯了东西，不栽些东西，手痒。有人围着，哈哈大笑，还有人说："乡下人就是乡下人。"

这话被王晓东听到了，他很生气地说："乡下人怎么啦，我又没偷没抢。"

后来，王晓东在小区外面开了一块地，然后，我经常看见王晓东在地里忙活。再后来，王晓东从地里回来时，手里总提着东西，比如南瓜丝瓜什么的，也有茄子辣椒。见了我，王晓东说："这是我栽的，你拿些去吃吧。"

我说："谢谢！"

只是好景不长，我们小区外面，规划做汽车城。没多久，就动工了，也就是几天之内，王晓东那块地就被铲了。这天傍晚，王晓东从外面回来，看见自己的地被铲了，呆在那儿半天不动。看见王晓东在那儿发呆，我走了过去。居然，我看见王晓东眼睛红红的，我说："你开的地又被铲了，好难过是吗？"

王晓东说："想种点地真难。"

其实，我这时仍不知道他叫什么，这不重要，在我眼里，他是一个农民，一个热爱土地的普普通通的农民。没了土地，他真的很难过，为此，他会长久地在这儿发呆。天黑了，他还呆着，忽然，我看见那个瘦小的女人往这儿走来，她大声喊着说："王晓东，你还在这里做什么？"

这时，我才知道，他叫王晓东。

我叫李晓

有一天接到一个电话，电话里说："我是李晓。"

我说："李晓，哪个李晓？"

电话里说："拐子呀，你不记得我啦？"

我忽然知道是谁了，我说："记得记得，你现在在做什么呢？"

电话里说："我现在在村里栽种仙草，你还在卖仙草糕吗，你可以来我这里买仙草了。我们村你知道，你去年来过我们村，我们碰到过。"

我说："不卖了，但有空我来看你。"

我们还打了许久电话，电话里看不到拐子，但好像，拐子从电话里走了出来，就在我跟前。

几年前，我还没有找到工作，没事时，我会替我老父亲在街上卖卖仙草糕。离我们摊子不远，有一个人坐在路边乞讨，他就是拐子。拐子有一条腿没了，膝盖以下完全没有。拐子来时，挂一根拐棍，到了街边，拐子把拐棍放在一边，然后半躺着睡在街边。他跟前，放一只碗，有人扔一块硬币进去，碗啪的一响。但给钱的人少，有时候半天听不到一点儿声响。看得出来，拐子讨不到什么钱。有一天我过去给了他几块钱，然后跟他说："没见什么人给钱呀。"

拐子说："半上午了，还没讨到两块钱。"

我说："现在的人，好像很小气。"

一个人走过来，跟我说："不是现在的人小气，是现在骗子多，说不定这人也是骗子呢。"

拐子不作声了。

让我没想到的是，拐子真是骗子。有一天，他被一个人揭穿了，这人说拐子是骗子，说着，一伸手，把拐子的外裤脱了。裤子一脱，我们看见了，拐子右腿膝盖以下，绑在大腿上。这样一绑，用裤子遮着，拐子膝盖以下的部位好像没有了。揭穿后，拐子呆坐在那儿。看拐子呆坐在那儿，我走过去跟他说："你还是去找点事做吧。"

围观的人接嘴："就是，年纪轻轻的，为什么要装残疾在这里乞讨？"

另一个人说："哪怕像这个人一样卖仙草糕，也好。"

我跟拐子说："是呀，哪怕像我一样，卖仙草糕，也能赚钱。"

拐子点点头，走了，连拐杖都不要了。但有些奇怪的是，拐子腿好好的，但走起路来，一拐一拐的。有人不解，问："他好好的腿，怎么还拐呢？"

一个人说："大概是腿绑久了，萎缩了吧。"

众人点头。

之后，拐子再没来乞讨，但我还是见过他一次。这天我和几个人去乡下玩，碰到他了，他腿还有点儿拐，一拐一拐地走了过来，问我："你还记得我吗？"

我说："认识认识，你现在在做什么呢？"

拐子说："有时候会在城里做点事。"

我说："你的腿怎么还有点瘸呢？"

拐子说："不知道，大概绑得太久了，恢复不了了。"

也就是这次，拐子记了我的电话号码，他说："我想在村里种仙草，以后你来我这里买仙草哦。"

我说："只要你栽了仙草，我一定来。"

只是，我现在没卖仙草糕，不需要买仙草了。

但我还是想去看看他。

这天便开车去了，还没进村就看见地里栽着大片的仙草。这个草我熟，以前卖仙草糕的时候，我经常买这种仙草。看见这么多草，我停下来了，站在路边看。眼前的仙草一望无际，是那种青青蓝蓝的颜色，与天空的颜色有点像。于是，我眼里，便天地一色，满眼的青翠。

看了一会儿，我开车继续往村里去。路上，看到一个人在地里忙，仔细一看，正是拐子，于是我喊住他说："拐子，你在这里呀，这些仙草是不是你栽的？"

拐子看看我，点着头说："都是我栽的。"

接着，他看着我说："现在没人叫我拐子了，我叫李晓。"

说着，他朝我走来，不错，我看见了，他真不拐了，走得端端正正。

李湘清是个好人

　　有好多年，李湘清什么事都没做。在村里，他不种地不栽菜，整天这里晃晃那里晃晃。要吃菜，就到人家地里去拔。当然，更多时间，李湘清会待在城里，但在城里他也没做事，只是在几个老乡那里混吃混喝。这几个老乡，一个是村里的李国强，在职校当老师。一个是李辉煌，在农业农村局上班。还有一个叫李木根，在一家搬运公司做苦力。李湘清一般落脚在他们几个人家里，今天在李国强家里住，明天去李辉煌家里吃饭，后天又跑到李木根家里喝酒，喝醉了，倒头便睡，然后昏天黑地睡个两天两夜。

　　村里人当然知道李湘清这种做派，他们在城里碰到李木根，问他："最近见到李湘清了吗？"

　　李木根回答："见到了，昨天在我家喝醉了，现在还在睡觉。"

　　见到李国强，也问："李湘清最近到你那里吗？"

　　李国强回答："这几天天天住在我家里。"

　　问的人便说："这个人就是个二流子，整天游手好闲。"

　　村里所有的人，都是这样评价李湘清的。

　　李湘清有一个老母亲，也觉得这个儿子不务正业，为此，老人见到李湘清就摇头晃脑，说自己生了个不争气的儿子。但李湘清尽管不务正业，对老母亲还是很好，他在城里待不到三四天，一定会回来看看老母亲，而且会买些水果回来，买些香蕉葡萄或者柿子，都是老人咬得动的水果。老人这时候也有些感动了，跟李湘清说："我不要你回来看我，只要你在外面做事，多久不回来，都可以。"

但李湘清根本不听，他照样混日子，今天在李辉煌家里吃饭，明天在李水清家里喝酒，然后，提两样水果，回来看母亲。

这年秋天，李湘清和村里一个叫李禾生的人大吵了一架，起因是李湘清借了李禾生五百块钱，一直没还。李禾生上门讨债。李湘清却不以为意，开口就说："没见过你这么小气的人，五百块钱还上门来问。"

李禾生不高兴了，怼回来："你借我钱不还，还说我小气，岂有此理。"

然后，两个人就吵了起来，而且越吵越凶，话也越说越难听，李禾生骂："你就是个二流子，这辈子除了打流做贼，你还会做什么？"又骂，"都三十岁的人了，没老婆没孩子，我看你要打一辈子光棍。"

李湘清的老母亲当然听到这些话，她只能在一边哭。

这后来的一天，村里人发现，李湘清不见了。

开始，没人在意，因为李湘清经常去城里，在村里看不到他很正常。但过了两三个月，村里忽然有人觉得好久没看到李湘清了，于是有人说："好久没看到李湘清了。"

有人回："是呀，好几个月没看到他了。"

有人问："他到哪里去了呢？"

有人回："还能到哪里去，在外面打流呗。"

也有人打电话问城里上班的李国强、李辉煌和李木根，问他们见到李湘清没有，他们一律回答说没见到，一直都没见到。

这年过年，李湘清回来了，这时候李湘清比以前整洁多了，穿西装打领带，见人就打招呼，客客气气，不停地散烟。

又过了一年，李湘清开着一辆车回来，不仅如此，他还带着一个女人回来了。这下很多人看傻眼了，这李湘清怎么就开上车了呢，还带回来一个女人，于是有人说："这李湘清发财了吗？"

有人回答："借的吧，就李湘清这种人，会发财？"

另一个人说："那女人，恐怕也是租来的吧？"

众人附和："是，一个二流子，去哪里发财，那车肯定是借来装X的，女人嘛，是租来的。"

此后，李湘清每年都会回来。这几年，李湘清又有变化，先是开的车变成了奔驰，然后是那个女人手里还抱着一个孩子。接着，李湘清还在家里做了房子，但那屋基本派不上用场，因为李湘清的母亲也被接走了。这时候的李湘清真的发了财，但村里人不信，一天几个人聊到李湘清，一个人说："李湘清这几年真发财了。"

一个人说："我不信。"

另一个人说："我也不信。"

一个人说："事实摆在那里，人家开了奔驰，做了房子，娶了老婆生了儿子，现在他母亲也被接走了，这应该是发了财呀。"

一个人说："骗来的吧，说不定他就在外面坑蒙拐骗。"

一个人说："不错，反正我是不相信李湘清这种人会发财。"

这年发大水，李湘清他们村被淹了，大水后，李湘清回来了，开了一辆大卡车回来，车上装了米和油。和李湘清一起回来的，还有李国强、李辉煌和李木根。李湘清给每户发二十斤米，十斤油。李国强、李辉煌和李木根做李湘清的帮手，把米和油挨家挨户地送过去。不仅如此，李湘清还给六十岁以上的老人每人发六百块钱。那是个大村，有人算了一下，李湘清这一下至少花了二十万。

有人又在一起聊天，一个人说："看来，李湘清是真发财了。"

一个人说："不错，是真发财了。"

又一个人说："这李湘清不仅发了财，而且还是个好人。"

众人附和："不错，李湘清是个好人。"

你们恋爱了吗

飞飞是个新主播，粉丝很少，不到一万人。粉丝少，到她直播间的人就更少。她直播时，直播间通常只有七八十个人，少的时候，只有七八个人。直播间人这么少，打起PK来，就只有输的份儿了。

的确，飞飞和别的主播PK，几乎都是输，比如有一次飞飞和一个叫燕子的主播PK，其实对方人也少，直播间就那么几十个人，但对方有大哥，这大哥先是刷传送门，刷私人飞机，最后刷了嘉年华，一共刷了4万多抖币。而飞飞这边，只有人刷了几只爱心纸鹤。飞飞自然输得很惨，输的原因，连飞飞直播间的粉丝都知道，有人就在下面打出：飞飞，你没有大哥，不可能不输。

飞飞说：我是没有大哥呀。

输了就得认罚，飞飞用彩笔在手臂上画蜈蚣，先在手臂上画直线，再在直线上画横线，画出像蜈蚣一样的线条。因分数相差太大，飞飞两条手臂上密密麻麻地画了100多条蜈蚣。

还有一次，飞飞和一个叫娇娇的主播PK，这次说好输了往头上浇水。PK开始，对方不停地有人刷保时捷，刷直升机。而飞飞这边，有人刷棒棒糖，刷眼镜，刷鲜花。结果可想而知，飞飞又输了。然后，飞飞端了水准备从头上浇下来，但这时有粉丝打出一行字：天气冷，算了吧，不要把自己弄感冒了。

飞飞说：说话要算数，输了就得认罚。

又说：即使会感冒，我也得浇。

然后，一杯水从头上浇下，一下子，飞飞衣服湿了，裤子也湿了一片。

换了衣服出来，飞飞和直播间的粉丝聊天，飞飞说：其实我知道自己会输，粉丝就那么多，又没有大哥撑着，不输才怪。但我还是要坚持下去，生活不容易，做什么都难，为了生存，我必须坚持下来，粉丝不是天生就有，要靠自己的真诚、自己的努力才会多起来。

直播间忽然来了一个人，叫游子，等级不是很高，只有23级。游子在下面打出两个字：赞成。

飞飞说：谢谢！

游子问：你是抚州人？

飞飞说：是。

游子问：抚州哪里的？

飞飞说：抚州湖南乡鹏溪村的。

游子回：我是抚州湖南乡流坊村的。

飞飞脸上有了惊喜，飞飞说：鹏溪村过去就是你们流坊村，我们是一个乡的，隔壁村。

游子回：真的是隔壁村哩，你们村过去就是流坊村，流坊村在抚河边上，那儿有一条河堤，你去过那条河堤吗？

飞飞说：去过，小时候我总穿过你们流坊村，去河堤上玩。

游子回：站在堤上，它一边是"千里风烟卷画开"的抚河，一边是"喜看稻菽千层浪"的禾田。

飞飞说：你说得好有诗意呀。

游子回：我的家乡就是个有诗意的地方。

他们聊着时，又有一个主播连麦要跟飞飞PK，飞飞不想打，飞飞说：不想PK了，老是输。

游子却在下面打出：打吧，也许不会输呢?

飞飞就说：好吧，我听游子大哥的。

还真没输，尽管对方很强，刷出了浪漫列车，摩天大厦，海上生明月等。但游子给飞飞刷了抖音1号，还刷了嘉年华。结果飞飞大胜。飞飞好久都没赢了，这时她很激动了，不停地说："谢谢游子大哥谢谢游子大哥，你终于让我尝到了赢的滋味！"

游子在下面回：不谢，谁叫我们是老乡呢。

又回：其实我以前也没刷过这么多礼物给主播，这是第一次。

下面有粉丝接话：你第一次就当了大哥。

游子回：不错，为我老乡当了一回大哥。

飞飞说：谢谢游子大哥，真不知道要怎样感谢你!

游子回：真要谢的话，你有空就去我们流坊村那条河堤上走走吧，帮我看一看那条堤，看一看抚河，说实在的，我想家了。

飞飞说：你不在抚州吗?

游子回：不在，我在外地打工。

飞飞说：我在抚州，我明天就回去，去你们流坊村，去村边的抚河堤上看看。

第二天，飞飞就去了流坊村，去了流坊村边上的河堤。

飞飞再直播时，游子又出现了，见了游子，飞飞说：游子大哥，你知道吗，我昨天去了你老家流坊村，去了抚河河堤上，看到了"

千里风烟卷画开"的抚河，却没看到"喜看稻菽千层浪"的禾田。

游子在评论区回：田没人种，荒了，是吗？

飞飞说：是，都荒了。

游子回：我忽然不想在外面打工了，想回去种地。

飞飞说：真这么想吗？

游子回：真的，以前在村里时，看到一块地荒了，我心里都难受，现在好多人都出来了，肯定荒了好多地，我真的想回去种地。

飞飞说：其实我也想回去，去种一块地。

游子回：好呀，那我们就一起回去，在抚河边种一块地，天天悠然见抚河。

下面有粉丝打出一行字：好浪漫呀，赶快回去吧，边种地边恋爱。

飞飞说：边种地边恋爱，你们怎么会冒出这样古怪的想法？

粉丝在下面打出：隔着屏幕都能感觉到你们情投意合，既然情投意合，当然要谈恋爱呀。

飞飞说：说不定人家游子大哥早成家了。

游子回：我还单身哩。

有粉丝说：听到了吗，游子还单身哩，你们回去吧，回去种地，回去谈恋爱，天天悠然见抚河。

后来游子真回去了，他开始耕地了，抚河边上那片地，全翻耕了。而飞飞呢，时不时地会去看游子。有一天，她就在河堤上直播，她说：我身边就是游子大哥，现在，他回家了，不是游子了。这里是河堤上，我右边是"千里风烟卷画开"的抚河，左边是"喜看稻菽千层浪"的禾田。当然，目前还没有稻菽千层浪的景象，但地已翻耕好了，马上播种，"喜看稻菽千层浪"的景象很快就会出现……

下面满屏都是这几个字：你们恋爱了吗?

又带女朋友来玩

离我住的不远处，有一个古村，我没什么事，会往那儿去，就当散步。何况，村里那些老屋也值得一看。多去几次，村里就有人认识我了，见了我，会说一句："又来了。"

我说："来了。"

这天又去，进村时，看到一个女孩，女孩问我："听说村里有好多老屋，在哪里呢？"

我伸手一指，跟女孩说："在那边，有儒林第、大夫第，还有尚书第。"

女孩说："你是这个村的？"

我说："不是，我也是来玩的。"

说着话时，就走到一口古井边，女孩便在井边看，还说："好古老的井哟。"

我说："这样的井，村里有好几口。"

说着话时，一个老人提着衣服来洗。老人很老了，在井边，老人颤抖着把水桶往井里放，我见了，赶紧从老人手里拿过绳子，帮老人提水。老人看看我，跟我说："怎么好意思又让我提水？"

我说："这要什么紧。"

说着，三两下，我就把一桶水提了上来。女孩还在边上，她见了，就看着我说："看样子你跟这个村的人很熟。"

老人说："也不是很熟，但这个年轻人每次看见我在这里洗菜洗衣服，都会帮我提水。"

女孩看我一眼说："助人为乐嘛。"

我笑笑。

女孩随后走开了，到处看，老人在女孩走开后看着我说："今天还带了女朋友来？"

我说："不是。"

说完，我也走开了。

我随后往老屋那边去，女孩也在那边，走近时，想到老人刚才的话，我忽然笑了。

女孩看我笑得古怪，便问："你笑什么？"

我说："我们还不熟，我不好意思说。"

女孩说："你说呀，有什么不好意思。"

我说："那我说了？"

女孩说："说呀，磨磨叽叽。"

我说："刚才那个老人，说你是我女朋友。"

女孩说："我们都不认识，那老人怎么会说我们是男女朋友呢？"

我想说看来我们有缘呀，但觉得跟女孩还不熟，便忍住了，只跟女孩笑了笑。

然后，我走进了儒林第，女孩跟着进来，这是一幢三幢直进的大屋，女孩在里面走了一会儿，跟我说："真大呀。"

我说："还有更大的，边上的尚书第，还有大夫第，都是五幢直进，有七八十间房子，这几幢房子连在一起，走进去，像走进迷宫一样。"

女孩问："儒林第、大夫第，还有那边的尚书第，都是什么意思呀？"

我说："儒林第，大夫第，还有尚书第，说明以前做这个房子的人做过官，儒林、大夫都是官名，但级别较小，六品五品左右。尚书就大了，二品，相当于现在的部长。还有，这个村以前考取过很多进士，你没看见村口很多旗杆石吗？"

女孩说："你好有文化哟。"

我说："一般般啦。"

从尚书第出来，我看到外面也有一口古井。一个老人，在井边洗菠菜，老人见了我，跟我说："今天拿些菠菜去吃。"

我说："怎么好意思拿你菠菜？"

老人说："怎么不好意思，上次给了你几个薯，你后来送了一包莲子和冰糖给我，我给你再多的菜，也比不上你给我的东西。"

老人说着，把两把已经洗好的菠菜塞给了我。

我只好拿着。

走开后我给了女孩一把菠菜，女孩拿着，然后扑哧一声笑了。

看见女孩笑，我问她："笑什么？"

女孩回答："秋天的菠菜。"

我忽然想起赵本山小品里说的"暗送秋菠"这句话，于是有些不好意思了，但女孩不在意，反而跟我说："你这样有文化，我想加你微信。"

我求之不得。

就这样我跟女孩认识了，后来，我会经常和女孩聊天。有一天正聊着，我忽然发过去一句："做我女朋友吧？"

女孩回了一个害羞的表情包。

毫无疑问，我们好上了。

这天，我们一起去那个古村，有人见我，便笑着打招呼，还说："又带女朋友来玩？"

我点着头，回答："是。"

稻田晚宴

忽然想起一个叫聂波的人，他是嵩湖乡聂家村的人。很多年前，他在梦港河边也就是他的家乡聂家村办了一场稻田晚宴。梦港河上有一座梦港桥，稻田晚宴就摆在梦港桥两边，一共200桌。据聂波说，那天杀了十多头土猪，2000人参加了稻田晚宴。当然，到聂家村的人远不止这些，有人观光，有人旅游，还有人搭帐篷过夜，总计3000多人抵达现场。那是个秋高气爽的日子，村里村外人山人海。只是繁华过后，聂家村又沉寂了。有一天再去，忽然发现梦港桥塌了，两边一片荒芜。

这段文字，我发在朋友圈。当然，我还配了两张照片，一张是当年稻田晚宴的场景，梦港桥因为长龙一样的桥灯而璀璨。另一张照片是倒塌的梦港桥，两边真的一片荒芜。

有人在下面点赞。

也有人评：当年的稻田晚宴确实办得好。

一个叫李晓东的人在下面评：那年我也参加了稻田晚宴，真的是人山人海，现在还记忆犹新。

一个叫华林的人在下面评：我也去了，还碰到了你，刘作家你记得吗？

我回复：我不记得了。

华林说：我记得你，你当时还写文章发了朋友圈，我收藏了，现在还在我手机里。

立刻，华林把我先前写的文章粘贴在下面：

天上人间

若干年前，我站在梦港桥上，前边是抚河，梦港河在那儿注入抚河。我右边是嵩湖聂家村，我左边是钟岑缴上村，而我背后，则是乌石山。但不管哪边，都是一片荒芜。乡村在这个秋天里静静的，静得只能听见瑟瑟秋风。有人走来，是一个老人。又有人走来，还是一个老人。再有人走来，依然是一个老人。我看着老人远去，忽然想到，留在乡村的，只有这些老人了，随着他们消失，乡村也将消失。站在桥上，我为那些行将消失的村庄而哀叹。

当然，我眼里不会总是看到失望，2014年10月18日，同样是站在梦港桥上，我眼里有了不同寻常的事物。聂家村农民举办稻田晚宴，这富有诗意的名字吸引了无数人，我看到了梦港河两岸彩旗飘飘，人山人海。夜幕降临，篝火烧起来，烧红了天空。孔明灯也亮了，一盏盏飘向远方。梦港桥上打桥灯，长龙一样的桥灯（也称龙灯）从梦港桥上缓缓滑过，随着灯光渐行渐远，它们和篝火、孔明灯融在一起。远远看去，宛若天上的街市，不，是天上人间。

聂村人无疑是智慧的，他们要证明，乡村没有消亡，那些散落的乡村文明，在这里一一被点燃。那些流光溢彩，让我看到了乡村的希望。

华林说：写得真好，所以我收藏了。

李晓东也说：确实写得好。

我说：不是我写得好，是人家的活动办得好。

一个叫红梅的人，也评论：不错，我当时也在现场，那场面让人兴奋。

华林说：不知道后来为什么再没举办这样有意义的活动。

红梅回：我问了聂波，他说主要是村民没赚到钱，当年那场稻田晚宴，聂波自己贴了好几万块钱。

我回复：我也问过聂波，他当年举办稻田晚宴的目的，就是想为村民赚点钱，但因为没有经验，并没有赚到钱。

华林说：聂波一直想为乡亲做点事，我敬重这样的人。

我说：我跟你的想法一样。

忽然，聂波冒了出来，他说：谢谢你们还记得我。

我回复：当然记得，那场稻田晚宴，让我们记住了聂家村，记住了梦港河、记住了梦港桥，还记住了你，聂波。

红梅回复：可惜梦港桥塌了。

华林问：好好的梦港桥怎么就塌了呢？

聂波回复：被 2019 年的特大洪水冲垮的。

接着，聂波在下面问：刘作家，你有多久没去聂家村，没去梦港河了？

我回复：大概一年了。

聂波说：有空你再去看一下吧。

我回复：好。

几天后，我和朋友又去了聂家村，去了梦港河。我看见梦港河上有桥了，像以前一样的石板桥，我以为是幻觉，但揉了揉眼睛，不错，我看见梦港河上真的有一座桥。

朋友说："什么时候建的，和以前的一模一样。"

我说："不知道，这也太让人意外了。"

忽然，我们看到聂波了，他向我们走来，还说："刘作家你真来了呀？"

我看着聂波，说："这桥应该是你牵头做的？"

聂波点了点头，跟我说："梦港桥差不多完工了，今年秋天，我们继续在这里举办稻田晚宴，你文章里写到的天上人间，又将在这里呈现。"

我也点头，然后把手机对着聂波，我知道，我应该再为他写点什么。

我不告诉你

村里像李梅这个年纪的人，都出去打工了，但李梅没出去。李梅没出去，她老公出去了。后来，李梅老公便回来和李梅离婚了，原来她老公在外面和一个女人好上了。类似的情况，村里还有一例，这个人是春生。春生也没有出去打工，在家作田，用春生自己的话说，他喜欢作田。同样，春生不出去，他老婆出去了，后来，老婆也跟外面一个人好上了，回来跟春生离了婚。两个人都离了婚，就有人撮合他们，这天有村里人跟李梅说："你还是找一个吧？"

李梅说："哪有合适的？"

村里人说："春生呀，他是个勤快人，种了200亩地，在我们村，他种的地最多。"

说到春生，春生就走了过来，春生说："人家哪里会看上我呢？"

村里人说："你主动一点儿呀。"

春生嘿嘿地笑，看着李梅说："大家叫我主动点，你说我主动有希望吗？"

李梅说："没希望。"

春生说："为什么？"

李梅说："我现在只喜欢一个人过。"

春生很失望。

村里人真的很希望两个人在一起，相似的经历，让大家很同情他们，为此，村里人总撮合他们。这天，李梅从地里回来，又有人对她说："你还是找一个吧。"

李梅仍说："没有合适的。"

村里人说："春生呀。"

春生就在跟前，春生说："你还是考虑一下我吧？"

李梅说："不考虑。"

春生又是一脸失望。

这时候一辆车开来了，是个城里人，这人总开车出来转，村里人见过他好多回。城里人和以前一样，把车停在井边，然后提水洗车。村里人便跟他搭话，说："开这么好的车还自己洗车？"

城里人说："没什么事，打发时间。"

村里人说："总见你一个人出来，怎么不带你老婆出来玩？"

城里人说："没有老婆。"

村里人问："你老婆呢？"

城里人说："早几年离了。"

村里人便看着李梅说："你不跟春生好，肯定是看不上春生吧，这个人你总看得上吧，开一辆这么好的车，还是城里人。"

李梅说："开这样的玩笑，有意思吗？"

村里人不作声了。

那个城里人，这天又来了，见李梅在菜地里忙，便停下车，过去打招呼说："在忙呀。"

李梅说："又来乡下玩。"

城里人说："没事，到处转转。"

李梅说："城里人就是闲。"

城里人说："这一片菜地都是你栽的吧？"

李梅说："是，我喜欢栽菜。"

李梅确实喜欢栽菜，栽了三亩多地，什么茄子辣椒、花生绿豆、丝瓜苦瓜以及萝卜芋头，什么都栽。此刻，地里开着五颜六色的花，煞是好看。城里人看着那片菜地，跟李梅说："这么会栽菜，我对你刮目相看。"

李梅说："你想说什么？"

城里人说："我想再找一个，觉得你合适。"

李梅说："我觉得不合适。"

城里人说："为什么？"

李梅说："你是城里人，我是乡下人，你觉得合适吗？"

城里人当然知道李梅在拒绝他，不作声了。

再说春生，他是真的想跟李梅好，总想找机会表白，这天春生又跟李梅说："你为什么总想一个人过呢，有一个人照顾不好吗？"

李梅说："习惯了一个人过。"

这天早上，李梅从地里一拐一拐地走回来，李梅的菜地离春生家不远，春生在自己家里就可以看见李梅的菜地。看见李梅从菜地一拐一拐地走着，春生跑了出来，问她："你怎么啦？"

李梅说："今天想去卖菜，所以早上天没亮就出去拔菜，天黑，扭了脚。"

春生大惊小怪的样子，问李梅："要紧吗，我带你去医院吧？"

李梅说："只是扭了一下，不要紧，要紧还能走吗？"

春生说："没事就好。"

这后来的一天，春生在他家外面的墙上装了一盏灯，一盏好大的灯。李梅的菜地离他家不远，这盏灯，作用不言而喻。这天早上，李梅又去地里拔菜，四点钟，外面黑乎乎一片，但走到春生家外面时，墙上的灯忽然亮了，这灯真的好亮，四周一片光明。

李梅先是有些惊讶，但很快明白是怎么回事，于是李梅喊起来："春生你就醒了吗？"

春生说："醒了。"

李梅说："醒了就跟我去地里拔菜吧。"

春生说："好哩。"

也有早起下地的人，见春生在李梅地里，就问："你们俩好上了吗？"

春生便指指李梅，回答说："你问她。"

便有人问李梅："你是不是跟春生好上了？"

李梅回答："我不告诉你。"

摘果子

乡村果树多，女孩的房前屋后，就有很多果树，有枇杷、桃子、李子，还有枣子、柿子以及橘子和柚子。枇杷熟得最早，四、五月份，枇杷就熟了，一树金黄。果子熟了，就有人摘，这天，女孩看到一个人在树下，是个男人，当然，说他是男孩也可以，反正就是一个二十几岁的男孩。男孩先是仰着头看，然后伸出手。正要摘时，男孩忽然看见了女孩，于是男孩把伸出的手缩了回来。女孩见了，笑起来，女孩跟男孩说："想吃就摘呀。"

男孩就摘了一个，用手抹了抹，放嘴里吃，然后说："好甜。"

女孩说："好甜就多摘点去吃。"

男孩说："这怎么好意思。"

女孩说："自己栽的东西，有什么不好意思。"

男孩就摘了两三个，女孩看男孩很矜持，就过去帮男孩摘，还说："几个枇杷，又不值什么。"

男孩便连声说"谢谢！"

男孩住在离村不远的一个小区里，男孩没什么事或者傍晚散步时，就会到女孩那个村走走。这天男孩又来了，是桃子熟了的季节，女孩正在树下摘桃子。男孩见了，跟女孩打招呼，男孩说："摘桃子呀。"

女孩也认出了男孩，女孩递了一个桃子给男孩，还说："吃桃子。"

男孩接过，也用手抹，女孩便伸手往边上指了指，跟男孩说："那里有水。"

男孩便去洗桃子，洗过，咬一口，然后说："好甜。"

女孩说："甜就多摘几个去吃。"

李子和桃子差不多时候熟，女孩栽的是奈李，个大好看。这天，男孩又来了，树上的奈李熟了，男孩抬着头看。女孩这时候又出来了，女孩说："奈李熟了，摘了吃呀。"

男孩说："总吃你的东西，怎么好意思？"

女孩说："树上的东西，不值什么。"

男孩便伸手摘了一个，也不洗，就放嘴里，说："好甜。"

女孩还是那句："甜就多摘几个去吃。"

男孩再去时，拿了两样东西给女孩，是一包扎头的皮筋，还有一只水杯。把皮筋给女孩时，男孩还费了一番口舌，男孩说："我在抖音里看到这皮筋好看，五颜六色的，就想买了送给你。"

女孩说："不给你女朋友吗？"

男孩说："我哪有女朋友。"

女孩不作声了。

橘子熟了的时候，男孩又去了，女孩见了男孩，问她："你怎么总往乡下跑？"

男孩说："喜欢乡下，有时候我想，我以后也想像你一样，在乡下种几亩田，栽各种各样的果树。"

女孩没接话，只递一个橘子给男孩，然后说："吃橘子。"

男孩便剥了一个放嘴里，吃过，男孩又说："好甜。"

女孩说："我橘子也甜？"

男孩说："甜，真的很甜。"

说完，男孩看一眼女孩，又说："我发现你家什么东西都甜。"

女孩说："是你嘴巴甜吧。"

和橘子差不多熟的，是柿子。男孩这天又来了，一树黄黄的柿子，让男孩眼馋，于是伸手摘了一个，也往嘴里塞，但随即，男孩把吃到嘴里的柿子吐了出来，男孩说："真涩。"

女孩这时出来了，女孩说："柿子怎么能这样吃，要藏，藏软了，才能吃。"

男孩说："我看着黄黄的，以为熟了。"

女孩说："也有熟的，那个软了的，就熟了。"说着，女孩伸手把那个摘下来递给男孩，男孩放嘴里吃，然后说："这个好甜。"

男孩再去女孩村里时，已经是深秋了，女孩门口有一棵很大的柚子树。柚子熟了黄了，但这是土柚子，不好吃，女孩便拿出一根长竹竿在树下往上捅柚子。男孩见了，就说："你家柚子也好吃吗？"

女孩说："这是土柚子，不好吃。"

男孩说："那你还把柚子捅下来做什么？"

女孩说："柚子熟了，风一刮就往下掉，有孩子在树下玩，我怕砸到他们，所以把它捅下来。"

男孩说："忽然觉得你人也特别好。"

男孩女孩的故事还在继续，这天，有人给男孩介绍女朋友，男孩去见了，一见面，看到的就是女孩，两人便一起指着对方，还说："是你！"

然后男孩说："你家柿子树上，还有柿子吗？"

女孩回："当然有。"

男孩说："走，去摘。"

说着，男孩女孩走了，介绍人愣在那里。

女孩家的柿子树上，果然有柿子，红红的，特别好看。男孩看着，还说："这树上的柿子真好看。"

接着男孩补了一句："像你一样好看。"

女孩说："我也是果子了？"

男孩点头，跟女孩说："是是，你也是果子。"

说着，男孩伸手摘了一个。

没想到才几天，你就成了别人的人

李芳 18 岁。

母亲觉得李芳大了，母亲说："隔壁李嫂子说要给你介绍一个对象。"

李芳说："我才多大？"

母亲说："村里李红跟你一样大，人家已经结婚了。"

李芳说："没到法定年龄结婚，那是违法行为。"

母亲不作声了。

李芳 19 岁。

母亲又跟李芳说："你今年带个男朋友回来。"

李芳说："才不呢。"

母亲说："人家李红跟你一样大，都生崽了。"

李芳说："我才不学她，那么早就结婚生崽。"

李芳 20 岁。

母亲说："你今年 20 岁了，可以找对象了。"

李芳说："还是早了点。"

母亲说："还早，村里小紫、小薇跟你一样大，都结婚了。"

李芳说："她们是她们我是我，我为什么要跟她们一样？"

母亲说："有合适的，可以找。"

李芳说："我不想找。"

李芳 21 岁。

母亲说："今年 21 岁了。"

李芳说："知道。"

这年，李芳去见了两个人，但李芳一直心不在焉，捧着手机玩。

母亲后来问李芳："你怎么一直玩手机？"

李芳说："没看上呀，不玩手机多难受。"

李芳 22 岁。

母亲说："今年一定要把自己嫁出去。"

李芳说："哪有那么容易，这是说嫁就能嫁出去的吗？"

这年，李芳去见了三个人，但李芳没看上一个。

母亲说："蛮好呀。"

女孩说："在你眼里，个个都好。"

李芳 23 岁。

母亲说："还不成家，你就嫁不出去了。"

李芳说："我才 23 岁，你怎么说我嫁不出去？"

这年，李芳也见了两个，同样，李芳没看上一个。

母亲说："真不晓得你要找什么样的。"

李芳说："反正这些我没看上。"

李芳 24 岁。

母亲说："村里比你大的，比你小的，都嫁了。"

李芳说："那又怎样？"

这年，李芳又见了两个，但这回，人家没看上李芳。

母亲说："这下好了，把自己留得这么大，都没人要了。"

李芳说："没人要就拉倒。"

李芳 25 岁。

母亲说："真没想到，我的女儿长得又不差，竟然没人要。"

李芳说："没人要我就陪你到老。"

母亲说："我才不要你陪。"

这天，李芳又去见了一个人，这人甚至比李芳小一岁，母亲根本没抱什么希望，但结果出乎意料，见面时李芳自始至终没玩手机，而且一直面带笑容。

聊了好久，才散。

母亲说："这个怎么样？"

女孩说："还行吧。"

不一会儿，母亲接到男方那边电话："我们这边对你女儿很满意，你女儿什么态度？"

母亲赶紧说："我女儿也满意。"

李芳和男方又见了一次面。

对方便过来商量彩礼。

彩礼送了过来。

按农村习俗，彩礼一过，李芳就跟男方走了。

李芳走了好几天，母亲还有些不相信李芳就这样嫁人了，这天李芳回来看母亲，母亲说："还以为你这辈子都嫁不出去，没想到才几天，你就成了别人的人。"

我是新郎

他自己也没想到，他会在乡下看上一个女孩。那时候他去一个村看老房子，才进村，就看到一个女孩走过来，女孩说："你是新郎？"

是个很好看的女孩，他忽然生出一种喜欢的感觉，于是他看着女孩笑了笑，回答说："我不是新郎。"

女孩也笑，跟他说："认错人了。"

他说："村里有人结婚吗？"

女孩回答："是。"

说过，女孩转身要走，但他喊住了女孩，他说："听说村里有一幢老房子，在哪儿呢？"

女孩伸手指了指，回答他："那边。"

他便顺着女孩手指的方向走去，但走了一圈，并没看到哪儿有老房子，倒是又看见女孩了，于是跟女孩说："没看到呀。"

女孩说："是那边呀。"

他说："我是往那边去的呀，没看到。"

女孩说："我带你去吧。"

有女孩带路，他很快就看到老房子了。真的是一幢老房子，房子的墙上长满了薜荔，这立刻让他想到一首诗，于是他随口吟出："惊风乱飐芙蓉水，密雨斜侵薜荔墙。"

女孩听了，看着他，还说："你好有文化哟。"

老屋门前，是一口水塘，他随口又吟出："唯有门前镜湖水，春风不改旧时波。"

女孩就有些崇拜的样子，还说："今天真的见到一个有文化的人。"

女孩说着时，噼噼啪啪的爆竹响了起来，女孩就说："新郎接新娘来了，你自己看吧，我去看新郎。"

女孩说着，跑开了。

他在女孩跑开后，没心思看老房子了。

于是他顺着女孩跑走的方向走去。

然后，他看到村里到处都是人，还看到了新郎和新娘，他们上车后，噼噼啪啪的爆竹声又响了起来。

爆竹声中，接新娘的车开走了。

他在新郎新娘走了后，又看到那个女孩，女孩也一眼看见了他，还问他："你好像是开车来的，可以送我们去喝喜酒吗？"

他说："他们没安排车吗？"

女孩说："安排了，但又接其他人去了。"

他说："好吧，我送你们去。"

然后，女孩就喊两个人上了他的车，那两个人，一个大妈，一个男孩，因为不是很熟，他没怎么跟他们说话，但他们三个一直在说话，来听他们说些什么。

大妈说："新郎戴一副眼镜，看起来有文化的样子。"

男孩说："人家本来就有文化，记得有一天，他去看老房子，开口就念出几句诗。"

女孩问："念什么诗？"

男孩说："他看见满墙的薜荔，便说'惊风乱占芙蓉水，密雨浸薜荔墙'；看见门口的水塘，又说'唯有门前镜湖水，春风不改旧时波'。"

女孩听男孩这样说，忽然看着他笑了一下。

他也笑。

路不是很远，十几分钟，就到了，放下他们后，他开车要走，但那个大妈忽然喊住了他，大妈说："一起吃呀。"

他说："我又不认识人家。"

大妈说："这要什么紧，乡下做喜事，巴不得人多，人越多越热闹。"

他就有些犹豫了，看着女孩，女孩也挽留他，女孩说："莫走，一起吃，吃完，还可以送我们回去。"

他当然听女孩的，留下来。

后来，新郎新娘来敬酒，坐在他边上的女孩看看新郎，又看看他，然后说："你还真有些像新郎。"

他回："可是，我连女朋友都没有。"

大妈也在边上，听了他的话，连忙说："你这么好的人，会有女朋友的。"

送他们回去时，他加了女孩的微信，分开后，他发微信给女孩：今天是个好日子。

女孩问：为什么这样说？

他回：因为认识了你。

女孩问：认识我对你这么重要吗？

他回：不错，非常重要。

这以后，他经常和女孩聊天，一天他发微信给女孩：我发现我会时常想你。

接着又发过去一句：一个人会想另一个人，就是喜欢上了这个人。

女孩回：你会喜欢我们乡下人？

他回：乡下人有哪里不好吗，我就喜欢乡下人。

女孩回：你这话让我对你产生了好感。

话说到这程度，他们不好都不行。

不错，他们恋爱了。

这里去繁就简，大概一年后，他们要结婚了。这天，他开车去女孩村里接新娘，才下车，就有一个人过来问他："你是新郎吧？"

他满面笑容地回答："我是新郎。"

田间地头

小王栽芋

在汽车城，看到一家 4S 店关了，很熟悉的地方，曾经带朋友来买过车。那时候 4S 店门庭若市，十几个销售，无论男女，个个意气风发。只是，才几年，便人去楼空。

同样人去楼空的，还有对面一家 4S 店，这里的车以前真是卖得好，我也在这里买过一辆车，车还在，但卖车的人呢，你在哪里？

隔壁的一家 4S 店还在开，但里面冷冷清清，许久没看到一个人进去。我在门口徘徊，店里一个美女见了，立即开门出来，问我："买车吗？"

我却问："隔壁的店怎么关了？"

美女回答："亏本呗。"

我问："怎么会亏本呢？"

美女倒有耐心，跟我说："现在生意不好做呗。"

我说："那我的车保养怎么办？"

美女知道我不会买车了，是来隔壁做保养的，美女有些失望了，但还是回答了我："我们也不知道。"

我只好走出来，仍走到隔壁关着的店门口来，以前，里面都是车，人来人往，像集市一样热闹。而今人去楼空，让人感慨。

正发着呆，忽然听到一个人喊我："刘总。"

循声看去，见一个穿着睡袄的女人走来。我觉得不熟，问她："你是？"

女人说："我是小王呀。"

我还是记不起女人是谁，重复着："小王？"

女人说："你的车就是在我手里买的呀。"

我忽然想起来了，不错，我的车就是在她手上买的。但此刻，我看不出她以前的一点痕迹。那时候她一身职业装，英姿飒爽，妥妥的美女一枚，而现在，她却穿着睡袄出现在我眼前，我真没认出她来。眼前的女人，当然，这时候应该改口叫她小王了。小王或许也猜到我没认出她来的原因，跟我解释说："因为没上班，穿得就很随意，让你认不出我了。"

我笑了笑，问她："店关了，你来做什么呢？"

小王说："过来看看，我在这家 4S 店一做就是十年，店说关就关了，依依不舍呀，所以过来看看。"

我说："理解理解。"

小王说："刘总，我现在失业了，你哪里找得到事做，帮我介绍一下？"

我说："可以呀，来跟我学栽芋头。"

这是我发在抖音里的一段文字，当然，不仅有文字，还配了照片，就是那家关了的 4S 店。

许多人点赞。

也有许多人评。

一个人评：我也在店里买过车，服务态度非常好，才进去，就有人给我倒水。

另一个人评：当时人真的很多，连休息室里都坐满了人。

又一个人评：可惜，店关了。

有一个叫小王的人，在下面评：看到这个抖音，我想哭。

后来，这个小王私信我，是这样一句话：我就是你文章里提到的小王，我关注了你，你可以关注我吗？

我当即关注了这个小王。

互相关注，就可以聊天了，小王发过来消息：才知道在你眼里，我是那样不堪。

我回：不好意思。

小王问：你为什么让我学栽芋头？

我回：我们王桥芋头全国有名，销量好呀。

小王说：我也听说过王桥芋头，那我可真要来跟你学栽芋头了。

我问：你是认真的？

小王回：难道你不是认真的？

我发过去一个笑脸。

过了一天，小王让我把具体地址给她。我给了，不一会儿，收到小王的语音，如下：

刘总，我现在在来你们王桥村的路上，我这里简单介绍一下自己吧，我是抚州王坊人，十年前出来打工，一直在4S店做事，现在失业了，工作也不是太好找，这时候选择回农村创业，或许是一个明智的选择。

我也给小王发了一段语音，如下：

和你一样，我也在城里打工了好多年，并没赚到多少钱，我们王桥香芋很出名，我后来想，放着这么出名的香芋不种，为什么要出去打工呢？于是，我回乡栽起了芋头。你真想学，我肯定会教，见面再聊。

小王也回：见面聊。

很快，我见到了小王，这回，她没穿睡袄，穿了一条牛仔裤和一件好看的羽绒衣，整个人比上次好看多了。

此后的几个月，小王经常来，她刚来的时候是冬天，后来是春天，再是夏天。她想回乡创业也不是嘴上说说而已，而是真的在王坊栽了三十亩地的芋头。其间，我也去过王坊村，当然是去指导她。三十亩，一大片地，看着茁壮成长的芋荷，我和她说："我才栽了二十亩，你却敢栽三十亩，你怎么忙得过来？"

小王说："忙不过来可以请人呀。"

我说："到时怎么卖得出去？"

小王说："有办法。"

秋天的时候，我看到小王在抖音里直播，她居然在抖音里推销自己的芋头。她说："王桥香芋王坊栽，虽然王坊不是王桥，但芋头却是一样的，有需要的，小黄车里下单，十斤五十元，包邮到家。"

我当即留言：不愧是做过销售的人，芋头也能在抖音里卖。

几天后，我接到小王的电话，她说："三十亩芋头，我已经卖了大半了。"

我很惊讶，重复着说："奇迹奇迹。"

小王说："我明年想栽一百亩，我们合伙干，可不可以？"

我脱口而出："当然可以。"

老李种田

老李是浒湾李家人，我认识他的时候，他只栽了十亩田。浒湾李家在抚河边上，这天，我走在河堤上，我右边是抚河，正是秋天，我眼里是秋水共长天一色的景致。左边是田野，在秋天里，田野多姿多彩如诗如画。我看见远处一片橘林，橘子红了，那一片红，如天上的红霞。近处，是一片稻田，稻子熟了，一片金黄。面对这样的美景，我拿出手机，拍起来。一个人，在我拍照时走了过来，他是一个农民，他随后走进了那片金黄的稻田，我把手机对着他，把他一起拍了下来。

这个人就是老李，那片金黄的稻田就是他栽的。不过种田并不划算，老李种这十亩田，一年的收入只有五千块，也就是城里一个人一个月的工资。一个农民到城里打工，辛苦一点儿，也能赚到这些钱。因此，老李告诉我现在农民大都不愿种田，尤其是年轻人，几乎都不种田了，农村种田的，都是上了年纪的人，也因此，农村很多地都荒了。老李没说错，在这片金黄的稻田边上，很多地真的荒了，长着大片大片的杂草。

后来好长一段时间，我老想着那个老李，他会不会也不种田了，如果老李这个年纪的人再不种田，那农村很多田真的会荒了。因为记挂着这事，后来，我再去了浒湾张家，还是秋天，站在堤上，我看见一大片荒地都种上了水稻。稻子黄了，很大的一片，风吹来，我看见稻谷在田里翻滚，一片丰收的景象。老李也在地里，他认出了我，他告诉我，他今年种了七八十亩田。我很意外，种田不赚钱，老李怎么越种越多呢？我这么想，也这么问着。老李笑笑，说他这个年纪的人对土地有感情，喜欢种田。我听了，忽然有一种如释重负的感觉，虽然，他们种不种田跟我没什么关系，但老李的话，硬是让我心里有一种美美的感觉。

这年，我又去了老李那儿，还是秋天，站在堤上，我发现从那片橘林看过来，全是金黄的一片。也就是说，以前长满杂草的荒地没有了，全种上了水稻。这天，我又看见了老李。这个老李，前年种十亩田，去年种了七八十亩田，今年却种了两百亩田。或许有人担心老李忙不过来，我也这样担心。但跟老李聊了一会儿，我知道这种担心有些多余。两百亩田虽然多，但忙的时候可以请人，栽禾的时候可以请人，有时候打农药也可以请人，收割的时候可以租收割机，一台收割机一天能收四五十亩地，两百亩田，也就四五天就收完了。晒谷收谷都可以请人，谷晒干了，有人到家门口来收。聊到这儿，老李忽然跟我开了句玩笑，老李说："放在以前，我也是地主了，还雇了短工。"

"这两百亩地，能赚多少钱？"我最关心这个。

"田作得多，亩产收入相对更高些，单独作一亩田只能赚五百，作这两百亩田，每亩收入有六百。"老李告诉我。

我算起来，一亩六百，十亩就是六千，一百亩是六万，两百亩是十二万。老李一年能赚十二万，一个农民，年收入能有十多万，普通的城里人，恐怕都赚不到这么多。

我后来会时常想到那个地方，想到那片金黄，我也会想着去那儿看看。这天，我又去了，傍晚的时候，太阳落在稻田里，稻田真比金子还黄。这样的景，特别美，我又拿出手机拍下来。

后来，我把这些图片发了朋友圈，在照片上面，我写了这样一段文字：

> 一个平常的地方，因为一片金黄，成为我心里最美好的记忆。一些美好，总会在不经意间产生，然后留在记忆深处。有一天再来到这里，一种美好，便像涟漪一样在心里荡开。

朋友圈发出后，无数人点赞和评论。

来看评论：

太美了。

文人的情怀总是诗啊！

总有这样的地方这样的情景让人觉得美好。

这些评论里面，琴子和晓东的评论更有意思，琴子回：我知道这是哪里，这是我老家罗湖张坊。晓东也是这个意思，他回：我看出来了，这是我老家桐源青坑。

我回复他们：如果你们觉得那是你老家，那就是了。

他们都回给我一个笑脸。

我后来去了琴子老家罗湖张坊，还去了晓东老家桐源青坑。我同样看见一片金黄，这些地方，和我照片里一样美好。不仅如此。走在乡村，到处都是"喜看稻菽千重浪"的景致，那无边的美好一起向我涌来……

栽荸荠

1

李林在村里种了五亩地，栽水稻。

一年下来，收入只有四千元。

这个数好算，一亩产七百斤谷，五亩是三千五百斤。一年两季，就是七千斤。一斤谷一块钱，七千斤就是七千块，除去一小半成本，只剩下四千块。

第二年，李禾没栽水稻，他种薯。

一年下来，收入有八千块。

这个数也好算，栽一亩薯，能挖出两千斤薯，五亩地，能挖出一万斤薯。一斤薯，好的，能卖到一块五；一万斤薯，可以卖到一万五千块。除去一小半成本，只剩下八千块。

第三年，李林也不栽薯了，栽荸荠。

是村里一个叫李明的人劝李林栽荸荠的，李林说："栽荸荠赚的钱多一些。"

李林当然想赚钱，他听从了李明的建议，栽荸荠。

一年下来，收入有一万两千块。

这个数同样好算，栽一亩荸荠，也可以挖出两千斤，五亩地，也是一万斤。一斤两块五，一万斤是两万五千块，除去一半成本，剩下一万两千块多一点。

这几年过去，李林觉得种什么都不划算。

栽水稻，一年收入四千块，只相当在外面打工一个月的收入。

栽薯，一年收入八千块，只相当在外面打工两个月的收入。

栽荸荠，一年收入一万两千块，只相当在外面打工三个月的收入。

这个数算明白，李林不想种地了。

然后，李林就出去了。

李林的地，荒了。

2

其实，村里好多人早就出去了，村里冷冷清清的，没什么人，而村外，到处是荒地。

只有那个劝李林栽荸荠的李明，还在村里。

这年过年，李林回来了，见李明还在村里，就说："你还在村里？"

李明点头。

李林说："你还是出去吧。"

李明说："我不出去。"

李林说："你不出去在村里做什么？"

李明说："种地。"

李林说："种地赚不到钱。"

李明说："赚不到钱我也喜欢种地。"

李林只能摇摇头。

3

一晃好多年过去了。

这好多年，李林一直在外地打工。

这天，李林接到李明的电话，李明说："我想租你家的地栽东西。"

李林说："拿去栽就是。"

李明说："我给你 200 块钱一亩。"

李林说："不要钱，反正荒在那里。"

李明说："钱还是要给的。"

李林说："随你。"

这事就谈好了,接下来李明问李林:"你有好几年没回村吧？"

李林："工地忙，我这三年都没回来。"

李明说："有空回来一下吧，村里变化好大"

李明说："等年底有空，我就回来。"

4

这年年底，李林就回来了。

还没进村，在村外，李林就发现变化了，村里所有的地，都栽了荸荠，在李林眼里，是青青翠翠的一片。不仅如此，地里到处都是人，他们在挖荸荠。李林后来走近一个女人，问她："怎么现在大家都栽荸荠？"

女人说："不是我们栽的。"

李林问："谁栽的？"

女人说："李明栽的，我们帮他挖荸荠。"

李林问："他栽这么多荸荠做什么？"

女人就看着李林，问他："你不知道？"

李林摇头。

女人说："李明在村里办了厂，生产荸荠粉。"

李林问："生产荸荠粉，卖得出去吗？"

女人回答："销量好得很。"

李林问："赚得到钱吗？"

女人说："一斤三十块，还是出厂价，销往全国各地，你说他赚得到钱赚不到钱？"

李林说："看样子李明种地种出了名堂。"

5

进了村，李林发现村里人也多了，还听到机器轰隆隆响个不停。轰隆声里，李林忽然看到李明了，李明一见李林，就说："你明年就别出去了。"

李林说："我不出去，你请我做事呀？"

李明说："我还真要请你做事。"

李林说："做什么？"

李明说："栽荸荠。"

栽　薯

　　老人在地里忙着时，手机响了，女儿打来的，女儿问："爸，在做什么呢？"

　　老人说："栽薯。"

　　女儿说："又栽薯？"

　　老人说："是呀，这么一大块地，不栽薯栽什么？"

　　女儿说："你还是住到城里来吧。"

　　老人说："我还是在乡下习惯。"

　　女儿说："你怎么这么固执呢？"

　　老人嘿嘿地笑。

　　女儿过那么久便会和老人打电话，这天，女儿又打电话过去，女儿问："爸，在做什么呢？"

　　老人回答："在地里忙。"

　　女儿说："又在栽薯。"

　　老人说："薯早栽好了，忙别的，给地里的菜浇水。"

　　女儿说："我劝你还是和我们一起住吧。"

　　老人说："不了，我习惯住在乡下。"

　　又一天，女儿也打电话过去，女儿问："爸，在做什么呢？"

　　老人答："在挖薯。"

　　女儿说："啊，在挖薯呀，我最喜欢看挖薯，挖出来的薯红扑扑的真好看。"

老人说:"好看你就来看呀,顺便带些回去。"

女儿说:"好,我这就开车过来。"

女儿真开车来了,不是太远,一个小时左右,就到了。那时候老人已经挖好了一块地,满地的红薯,女儿这个拿起来看看,那个拿起来看看,然后说:"这些红薯红得好可爱,真好看。"

老人说:"我也觉得。"

女儿说:"所以你喜欢栽薯。"

老人说:"是喜欢,但别的东西我也栽,比如萝卜芋头白菜菠菜。"

女儿说:"你就喜欢在地里忙。"

老人又笑。

他们说着话时,一辆车停了下来,车上下来一个男人,男人也说:"这一地的红薯真好看。"

老人接嘴:"好看就拿几个去吃。"

男人说:"不,我买,卖吗?"

老人说:"卖。"

男人说:"几多钱一斤?"

老人说:"一块五。"

女儿听了,问老人:"什么,这么好的薯,才卖一块五?"

男人说:"你以为多少,超市才一块五毛八。"

女儿说:"红薯这么不值钱?"

男人说:"对呀,所有的农作物都不值钱。"

女儿说:"栽这些东西,真不划算。"

男人这时跟老人还起价来，男人说："一块卖不卖，我多买些，买它两三百斤。"

女儿说："不卖，一块怎么买得到薯？"

男人说："你不懂得价格，我问你父亲。"

老人说："一块太少了吧。"

男人说："这是在你地里，你不要挑到集市上去，省了好多力气和时间，在地里买薯，一般都是这个价。"

老人说："卖给你。"

女儿说："一块也卖，价钱也太低了吧？"

老人笑笑说："差不多。"

说着，老人就去拿了秤和编织袋来，然后几个人把薯放编织袋里，总共四袋，260斤，称好付钱，男人开着车走了。

女儿在男人走后还愤愤不平，女儿说："这薯也太不值钱了吧，这么多，才卖到260块钱。"

老人说："地里的东西都不值钱。"

女儿说："萝卜呢，多少钱一斤？"

老人说："一块。"

女儿说："白菜呢？"

老人说："也是一块。"

女儿说："芋头呢？"

老人说："两块。"

女儿说："菠菜呢？"

老人说："也是两块。"

女儿摇头，跟老人说："地里的东西太不值钱了，爸，别栽了，去城里，和我们一块住。"

老人摇头，老人说："我不去。"

女儿说："爸，我是认真的，自从我妈过世后，你一个人在乡下，你看你这几年，老了好多，你一定要去城里，住在一起我们好照应你。"

老人不作声了。

这年冬天，老人被女儿接到城里了，但老人在城里很不习惯，坐也不是站也不是。老人当然也会出去走一走，但往往出去了，也不知道去哪里，通常在一个地方一坐就是半天。这天坐了许久，竟忘了回家，后来女儿打电话来问他："爸，在哪里呢？"

老人忽然记起要回家了，老人说："我这就回来。"

第二年春天，老人还是回乡下了。

女儿还和以前一样经常打老人的电话，这天，女儿又打电话，女儿问："爸，在忙什么呢？"

老人说："栽薯。"

刘光农栽蔗

岭下刘家和我住的小区只隔着一条马路，没事时，我总会到刘家走一走，就当散步。多去了几次，村里大多数人都见过。这天又去，看到一个人坐在门口。这人没见过，便说："没见过你。"

对方说："才回来。"

然后聊起来，知道这人叫刘光农，一直在工地上做事，最近找不到事做，加上快过年了，刘光农就回来了。后来好多次，我还在村里见过他，有一次我问他："还没出去工作呀？"

刘光农说："我以前做的工地做完了，暂时还没找到工作。"

我说："现在工作难找。"

刘光农点头。

大多数时间，刘光农都坐在门口发呆，有时候也看到他在村里走着。有一天，看到刘光农在门口刨甘蔗，见我走来，便说："吃甘蔗。"

说过，刘光农剁了一节给我，我咬一口，说道："这蔗真甜。"

刘光农说："是呀，我们岭下刘家甘蔗在全抚州都有名。"

我说："难怪你们这里到处都栽着甘蔗。"

这天又去岭下刘家，看到一伙人在劈蔗。这里要解释一下，劈甘蔗就是把甘蔗立在那里，劈的时候不能用手扶，然后一刀下去，看能劈下多少。劈得多的，就算赢。这天一伙劈甘蔗的人，跟刘光农一样，外面没事做，就待在村里。没事，就凑在一起劈甘蔗，打发时间。

一晃正月都过了，刘光农还没出去，这天我又问刘光农："怎么还没出去？"

刘光农说："好多工地都没开工，出去也找不到事做。"

我叹了一声。

这天又看到刘光农，他又在劈甘蔗，但这个季节，没什么人有甘蔗了。这个村的人会栽甘蔗，但栽得不多，一般人家只栽一两分地，吃一些，卖一些。刘光农一伙人劈了一会儿，没甘蔗了。有人说三公家里还有甘蔗，刘光荣就去找三公，跟他说："我来买你两捆甘蔗。"

三公说："没有。"

刘光农说："你屋里不是还有吗？"

三公说："那些要留给孙子吃。"

刘光农说："卖些吧？"

三公说："不卖。"

刘光农就有些不高兴了，说三公："有几根甘蔗了不起呀。"

三公说："我没说了不起，要甘蔗自己栽呀。"

刘光农不作声了。

这以后，没见到刘光农了，我觉得刘光农应该出去了。为了证实我的想法，我在村里问了一个人，我说："那个刘光农打工去了吧？"

对方说："没有。"

我说："没看到他呀。"

对方说："在地里。"

我有些吃惊，问道："他在地里做什么？"

对方说："栽甘蔗。"

我便往地里去，果然看到了刘光农，这时候是 4 月底，我看见地里青青翠翠一片，也就是说，好大一片地，都栽了甘蔗了。风吹来，蔗叶迎风飘舞。刘光农在地里忙，没看到我，我连喊了几句，他才转过头来，还说："你怎么到这里来了？"

我说："来看你呀，你今年不出去了？"

刘光农说："外面找事也难，不如在家里栽甘蔗。"

我说："这么一大片，都是你栽的？"

刘光农说："是呀。"

我问："有好多亩吧？"

刘光农说："二十亩。"

这之后，我只在甘蔗地里见过刘光农。栽甘蔗事很多，比如甘蔗外面那层叶，长出来就要剥掉，刘光农要花好多时间剥那些叶子。后来甘蔗长高了，比人还高，这时候风吹来，便听到甘蔗叶在风里哗哗作响。一次我跟着刘光农走在甘蔗地里，风很大，哗哗作响的声音好像在欢呼。

这年秋天，甘蔗熟了，二十亩甘蔗，按每亩六千根算，有十多万根甘蔗。一天我问刘光农："这么多甘蔗，以后怎么卖得掉？"

刘光农说："有办法。"

刘光农后来在村里举办了一场甘蔗比赛，就是看谁家栽的甘蔗长。我是在抖音里看到他们比赛的，有一根甘蔗，三米多长，一个人和甘蔗比，只有甘蔗一半高。我在抖音里还看到，现场人好多，热热闹闹，抚州好多网红都在刘光农的甘蔗地里直播。后来，刘光农的甘蔗地就成了很多人的打卡地，到了，就发一个视频。这样一来，刘光农和他的岭下刘家便出名了，好多人去玩，当然也买甘蔗。还有，那些做生意的小商小贩以及开小超市的，都会去刘光农家里买甘蔗，这些人大都开着三轮车来。一天我去他们村，就看到七八辆三轮车，这些车上装满了甘蔗。

当然见到了刘光农，他忙着做生意，没时间跟我聊天，但还是很热情地跟我说："吃甘蔗。"

我掰了一根，折断，然后咬一口，好甜。

灯芯草

这天，老刘在微信朋友圈发了几张照片。

来看这几张照片：

第一张照片是一个村庄，配图文字：这是荣山村，这个村家家户户都栽灯芯草。

第二张照片是灯芯草，配图文字：这一片黛青色的植物，就是长在地里的灯芯草。

第三张照片是晒在空地上的灯芯草，配图文字：每年端午节后，就可以割灯芯草了，割下后要放在太阳底下晒干。

第四张照片是浸在水里的灯芯草，配图文字：要把灯芯从灯芯草里取出，还要把晒干的灯芯草放水里浸，一般要浸一天一夜，也就是 24 个小时以上，浸透了，才能把灯芯从灯芯草里剔出来。

第五张照片是农民坐在家门口用刀割开灯芯草，配图文字：端午节一过，荣山村几乎家家户户都在剔灯芯草，工艺并不复杂，两根竹片夹着一把锋利的小刀，把灯芯草往竹片里一拉，灯芯就出来了。

第六张照片是被抽出的灯芯，配图文字：这就是从灯芯草里取出的灯芯，目前的价格是一小捆十块钱。这一小捆相当于 50 克，也就是说，一斤灯芯可以卖 100 块钱。本人了解到，一亩地可收灯芯草 1000 斤到 1200 斤，每斤灯芯草能抽一两灯芯。1000

斤灯芯草可以取出 100 斤灯芯，按一斤 100 元计算，100 斤灯芯收入为一万元左右。

老刘的照片和文字发出后，很多人点赞和评论，一个人在下面评论说：说得好细呀，差不多告诉了我们把灯芯从灯芯草里抽出的全过程。

另一个人也在下面评：这样看来，栽种一亩灯芯草收入可达到一万元，这比栽种其他作物收入要高得多。

一个叫杨又龙的微信好友，是老刘的农民朋友，他在下面问：这个荣山村是不是很富裕？

老刘回复了杨又龙：是的，因为家家户户都栽灯芯草，加上灯芯价格那么高，所以荣山村的村民很有钱。

杨又龙又问：我们抚州还有哪儿栽灯芯草吗？

老刘回复：据我了解，好像只有荣山村栽灯芯草。

杨又龙再问：其他村怎么不栽呢？

老刘回复：这个不知道，但我知道栽灯芯草是荣山村的传统产业，是他们祖祖辈辈栽种的作物。

这回杨又龙回了一句：好羡慕呀，这灯芯草哪里是草，简直就是黄金。

老刘也问了杨又龙一句：你现在还在外面打工吗？

杨又龙回：回村里来了。

老刘问：还出去吗？

杨又龙回：不想出去。

老刘问：那回来做什么呢？

杨又龙回：还没想好。

两人交流到这里，就结束了。

老刘发的这条朋友圈，应该说产生了不小的反响，赞的人和评的人都很多，老刘也因为这条朋友圈开心了一阵。但随着时间的推移，老刘也把这条朋友圈忘记了或者说把灯芯草忘记了。

一晃两三年过去。

这天，老刘接到杨又龙的电话，杨又龙说："老刘呀，有空到我们坪上村来玩玩吧。"

老刘说："好呀，反正我喜欢到处走，有空我去你们坪上村看看。"

这天老刘有空，真开车去了坪上村，不是太远，一个多小时，就到了。把车停下，老刘在村里走起来。老刘以前来过这个村，不是一两次，是好多次。以前走在村里，看不到什么人，而这次，老刘却发现村里的人多了起来。让老刘惊讶的是，村里晒着好多灯芯草，还有好多人，就坐在门口剔灯芯草。老刘就有些迷糊了，以为自己走错了，到了那个专门栽灯芯草的荣山村，老刘后来走近一个坐在门口剔灯芯草的女人，老刘问："你们这里是荣山村吗？"

女人答："不是。"

老刘又问："那你们这是哪里？"

女人答："坪上村呀。"

老刘说："坪上村也会栽灯芯草？"

女人说："会呀。"

老刘说："是以前一直会栽，还是这几年开始栽？"

女人说："这两年才开始栽。"

老刘说："以前不会栽，这两年才栽，这两年怎么就想到栽这灯芯草呢？"

女人说："杨又龙教我们栽的。"

老刘问："杨又龙教你们栽灯芯草？"

女人说："对，他去那个专门栽灯芯草的地方学了好久，然后教我们栽，开始的时候我们都不栽，杨又龙自己栽，结果当年他就赚到钱了。"

老刘问："杨又龙没出去打工？"

女人说："没出去，在村里专门教我们栽灯芯草。"

说着话时，杨又龙走了过来，老刘赶紧过去打招呼，跟他说："你可以呀，两三年之内，你们村也有这么多人栽灯芯草，刚才进村时，还以为这是荣山村哩。"

杨又龙说："还不是你那条朋友圈给我的启发，以前，我都不知道这灯芯草为何物。"

老刘忽然笑了，好开心。

再生稻

那年，李林种了十亩地。

十亩地都栽禾，能赚多少钱呢，这个好算，早禾每亩能收一千斤稻谷，十亩是一万斤，晚禾每亩能收八百斤稻谷，十亩是八千斤，早晚两季合计一万八千斤。每斤一百一十元，一万八千斤是两万元。种子、化肥农药、收割等各种成本要占一半多，一年下来，李林还没有赚到一万块钱。

李林的老婆在外打工，她当然知道李林能赚多少钱。过年回来，老婆跟李林说："你出去打工吧？"

李林说："不想出去。"

老婆说："你为什么不想出去？"

李林说："我喜欢种地。"

老婆说："种地能赚到钱吗？你种十亩地，除去本钱，你这一年能赚多少，你心里没个数吗？"

李林说："钱是赚得不多，但做我喜欢做的事，自在。"

老婆说："你是图自在的年纪吗？我们大儿子读高中了，小儿子读初中，过几年都考上大学了，要用好多钱。"

李林想了想，回答说："那我多种些田。"

过后，李林的确多种了地，二十亩。

二十亩地也是都栽禾，收入也好算，早禾每亩能收一千斤

170

稻谷，二十亩就是两万斤，晚禾每亩能收八百斤稻谷，二十亩是一万六千斤，早晚两季合计三万六千斤，每斤一百一十元，三万六千斤是四万元。种子、化肥农药、收割等各种成本要占一半多，一年下来，李林还没有赚到两万块。

老婆当然认为李林赚得少，过年回来，老婆仍说："你还是出去打工吧？"

李林说："我不出去，就在村里种地。"

老婆说："种地能赚到钱吗，种二十亩地，一年还赚不到两万块，这点点钱有什么用？"

李林说："都出去打工，村里的地没人种，那就全荒了。"

老婆说："这是你考虑的事吗，你要考虑怎么多赚钱。"

李林想了想，回答说："那我再多种些田。"

过后，李林种了三十亩地。

三十亩地同样都栽禾，收入同样好算，早禾每亩能收谷一千斤，三十亩就是三万斤，晚禾每亩收谷八百斤，三十亩是二万四千斤，早晚两季合计五万四千斤，每斤一百一十元，五万四千斤是六万元。种子、化肥农药、收割等各种成本要占一半多，一年下来，李林还没有赚到三万块钱。

老婆对李林的收入还是不满意，过年回来，老婆说："你今年必须出去打工。"

李林说："我不出去。"

老婆说："儿子马上要读大学了，要用钱，以后儿子还要结婚，你知道这要花多少钱吗？"

李林说："那我再多种些地。"

老婆说："你就知道种地种地。"

李林说："都不种地，地就荒了，我一看见荒地，心就慌。"

老婆有些生气了，大声说："我怎么就说服不了你呢？"

这一年，李林多种了很多地，一百亩。

因为地种得多，老婆在双抢的时候回来帮了忙，但让老婆诧异的是，这里在收早稻，也没看见李林浸晚稻的种。收了早稻后，也没看见李林栽禾，老婆不解了，问他："你不打算栽晚稻吗？"

李林说："不要栽，晚稻会自己长出来？"

老婆说："胡说八道。"

李林说："是真的，我今年栽的是再生稻，割了早稻，地里还会长出晚稻来。"

后来地里真长出了绿绿的禾苗，老婆才知道那是真的。

这年过年回来，老婆问李林："你今年赚到多少钱？"

李林说："一百亩地，再生稻早稻产量高，亩产一千三百斤，一百亩就是十三万斤，晚稻亩产八百斤，一百亩就是七万斤，早晚两季合计二十一万斤。谷子涨价，每斤一块三，二十一万斤是二十七万块。再生稻晚稻种子不要钱，农药化肥也用得少，还省了人工。这样算起来，种子、化肥农药、收割以及工人的工资等各种成本只占了总收入的四成，加上种田补助，一年下来，赚了二十万。"

老婆又有些惊讶，问李林："能赚到这么多？"

李林说："是呀。"

老婆说："听你这么说，种地也能致富？"

李林说："当然，所以今年我还要多种些地，种它二百亩。"

老婆说："那你怎么忙得过来？"

李林说："你别出去了，来帮我。"

老婆说："在家里能赚钱，我肯定不出去。"

说罢，两人笑了。

买车

这天，李东跟老婆说："我想买车。"

老婆说："你说什么？"

李东说："我想买车。"

老婆说："你还买车，自从去年你在工地上跌伤腿，大半年都没出去做事，你还想买车？"

李东说："我说的是三轮车。"

老婆说："你买三轮车做什么？"

李东说："我这几天在水库钓鱼……"

老婆打断他："别提你钓鱼，鱼鳞都没钓到。"

李东继续："我是不会钓鱼，但我看到了商机。"

老婆说："看到商机，你钓个鱼还能看到商机？"

李东说："这些天钓鱼，我发现那些钓鱼的人，他们通常都不吃午饭或者只吃一两个馒头包子充饥，如果这时有人炒粉或者煮粉给他们吃……"

老婆反应快，立即说："你要做炒粉生意？"

李东说："对，买一辆三轮车，做流动炒粉摊，沿水库卖给钓鱼的人，生意一定很好。"

老婆说："你平时从不摸锅不摸灶，不会煮饭不会炒菜，你哪里会炒粉呢？我又没空，要在家带孩子。"

李东说："我可以学呀，你教我。"

老婆点头，跟李东说："好吧。"

李东买了车，改装了一下，接着买来粉，买来煤气，买来煤气灶。然后，老婆开始教他炒粉煮粉。以至于那些天，他们一家天天吃炒粉煮粉。

一个晴朗的日子，李东骑着三轮车出门了。到水库时，十一点多了，看见钓鱼的人，李东说："吃炒粉吗？"

钓鱼的人看着李东："炒粉？"

李东说："对，如果你饿了，我这里可以炒粉。"

钓鱼的人问："多少钱一碗？"

李东说："十块。"

钓鱼的人说："炒一碗。"

当这碗热气腾腾的炒粉端到钓鱼的人手上时，边上几个钓鱼的人一起喊："给我也炒一碗。"

李东应一声："好哩。"

下午三点多，李东回家了，老婆在门口等着他，见李东回来，急忙问："有生意吗？"

李东说："你看车上。"

老婆去车上看，所有的粉卖光了。

老婆笑了。

第二天继续，第三也继续，也就是说，只要天气好，李东天天都骑着三轮车出去炒粉，沿着水库边上的路，给那些钓鱼的人炒粉或者煮粉。后来，那些钓鱼的人都认识李东了，老远见到李东，都会喊："炒一碗粉。"

李东大声答："好哩。"

有一天，一个人钓到一条大鱼，好大的一条鱼，李东和许多钓鱼的人一起帮忙，才把鱼弄上来。真是一条大鱼，没有一百斤，也有八九十斤。钓鱼的人高兴，看着李东说："你给我炒粉，我请大家吃炒粉。"

李东说："好哩。"

然后，李东一口气炒了十多碗粉。钓到大鱼的人还在喜悦中，吃过炒粉后跟李东说："我也请你吃炒粉吧。"说完又觉得请一个炒粉的人吃炒粉不妥，便改口说，"你自己炒粉，请你吃炒粉就没意思了，我这里有两条鱼，送给你吧。"

李东回答："谢谢！谢谢！"

这天回去，李东五岁的儿子迎着他，跟他说："爸爸，我也要吃炒粉。"

李东说："不吃炒粉，吃鱼。"

说着，他提了两条鱼出来，老婆见了，问他："你还带了竿子去钓鱼？"

李东说："没有。"

老婆说："哪来的鱼？"

李东说："一个人送的，那人钓到一条上百斤的鱼，请好多人吃炒粉，我嘛，就送了我两条鱼。"

儿子看见他手里的鱼，高兴坏了，跟他说："爸爸钓到鱼了，我有鱼吃了。"

那些日子，从春天到夏天，夏天到冬天，李东天天都在水库边上炒粉煮粉。从最初卖掉十斤粉，到二十斤，再到三十斤四十斤。一斤粉可以煮四碗粉或者炒四碗粉。也就是说，李东一天要炒或者煮一百多碗粉。一百多碗粉就是一千多块钱，除去一半本钱，能赚五六百块。当然，人很累，那水库是拦截了一条大河筑坝建成的，是大型水库。有时候他沿着水库或河岸要骑十几公里或者几十公里的三轮车，当然辛苦。这天李东就骑了几十公里，回来时天很晚了，老婆在门口等着李东，见他回来，问他："今天怎么这么晚？"

李东说："今天走了好远。"

老婆说："辛苦你了。"

李东说："年轻，累一点儿不要紧。"

老婆很怜惜的样子，忽然说："买辆车吧。"

李东说："买车？"

老婆说："对，买辆汽车，这样就不会太累。"

李东笑着说："好哩，听我老婆的。"

世界因你而美丽

这天开车去乡下玩，路上，看到一块甘蔗地，一个老人，在拔甘蔗。我走过去，对老人说："你这甘蔗栽得好呀。"

老人笑笑，对我说："来，吃甘蔗。"

我还真想吃，便从身上拿出十块钱来，把钱递给老人时，我说："真有点渴，我买你的甘蔗吧。"

老人没拿钱，只说："地里栽的东西，拿什么钱，吃就是。"

我说："谢谢！"

离开时，我买了老人一大捆甘蔗，还买了好多萝卜。身上现钱不多，但老人居然有微信，我加了老人的微信，把钱转给了他。

离开时，老人说："有空来玩。"

我说："会的，一定会来。"

我后来真去找老人玩，也是在地里看到他，老人正在地里割薯藤，显然，老人要挖红薯。我过去拿起锄头，但一锄下去，把一个红薯劈成了两半，老人见了，对我说："一看就是个城里人。"

我不好意思地笑笑。

老人拿过锄头，挖起来，一锄下去，挖出几个红薯，又一锄下去，也挖出几个红薯。这些薯红红的，好看，于是我跟老人说："这些红薯真好看。"

老人说："我也觉得好看。"

我说："看见地里长出这些东西，你是不是有一种成就感呀？"

老人说："蛮开心。"

歇下来时，老人指着一排开黄花的作物问我："你知道那是什么吗？"

我说："丝瓜。"

老人又问："那些开紫花的，是什么呢？"

我说："是扁豆吧。"

老人栽了好多东西，萝卜芋头，茄子辣椒，西瓜南瓜冬瓜等等，老人一一指给我看，还说："那边水塘里还栽了藕。"

我说："你栽了好多好多东西呀。"

老人说："看见地里长出东西，心里踏实。"

这天我跟老人买了好多红薯，还买了茄子辣椒，然后跟老人一起进村。村里没什么人，我对老人说："你村里好像也没什么人。"

老人说："只有我们几个老人。"

我说："幸亏农村还有你们这些老人，不然，乡下的地都会荒了。"

后来有一阵没去，但还见得到老人，因为我们有微信，我可以通过微信朋友圈看到老人。比如老人有一天发了一张他在地里摘丝瓜的照片，还附了一句话：长了好多丝瓜。

我当然在下面点赞，还评论：硕果累累。

又有一次，老人发了一张花的图片，老人问：你们知道这是什么花吗？

我当然知道，我在下面回复：空心菜的花。

老人问：空心菜的花是不是也很好看？

我回：很美。

这次之后，老人好久没发朋友圈，我有些想他了，开车去看他。

我当然见到了，他还在地里，是春天，地里油菜花开了，老人在地里看花。

我对老人说："油菜花开起来，更美。"

老人说："我也觉得。"

这天，我在油菜花里逗留了很久，花开着，却没什么人来。只有风和油菜花做伴。在风里，油菜花摇曳着，像在跟我招手。仿佛，还在跟我说话，我听到油菜花说：谢谢你来看我。

离开时，我发了一条朋友圈，一张油菜花的照片，照片上面，我配了一首诗：

默默地花开着

正如我默默地来

风来了，花在风中摇曳

那是花在向我致意

花跟我说：谢谢你来看我

因为你的到来

我的盛开才有意义

我说：谢谢你为我开放

因为你的盛开

世界才这么美丽

老人当然看了我的朋友圈，他在下面点赞，还评：我也要说一句，谢谢你来看我。

我回：我谢谢你！因为你的辛勤，世界才这么美丽。

你怎么一下子变好了

那时候我有点渴，想找水喝，但那是乡下，准确地说我在田野里，这里没有水。当然，解渴的东西有，我跟前有一块甘蔗地，一片甘蔗挺拔地生长着。

我想拔甘蔗吃。

左右看看，没看到人，于是一伸手，拔了一根甘蔗，然后坐地里吃起来。

这时候，一个女人荷着锄头走了过来，女人当即喊了一声："你怎么拔我的甘蔗吃？"

我说："口渴了，拔根甘蔗吃，解渴。"

女人说："口渴也不可以拔别人的东西吃吧？"

我连忙说："对不起对不起。"

女人说："说一句对不起就可以吗？"

我说："我给你钱。"

女人说："拿十块钱来。"

我便掏了十块钱给了女人。

女人一接过钱，就走了。

但女人有些神色慌张，走几步，还回头看一下我，而且左顾右盼，四下张望。我一下子明白过来，这甘蔗地不是她的，她看我是一个陌生人，故意说甘蔗地是她的，讹我的钱。想明白这点，我盯着女人不放了。我看见女人走了一两百米，停了下来，然后挥着锄头在地里挖着什么。

我想过去看看，便往女人那儿走，近了，看清女人在挖红薯。我咳一声，直截了当地跟女人说："那甘蔗不是你的。"

女人说："谁说不是？"

我说："百分之百不是，你看我是陌生人，便说甘蔗是你的，讹我的钱。"

女人说："就是我的。"

我伸手往远处指了指，跟女人说："那地里还有人，我现在就来去问问他们那甘蔗地是不是你的。如果不是你的，我就告诉他们，说你把别人的甘蔗地说成你的甘蔗地，讹我的钱，他们知道这事，会怎么看你？"

女人忽然说："我把钱还给你吧。"

我说："拿来。"

女人便把钱还给了我。

接过钱，我没走，看着女人挖薯，看了一会儿，我说："你送些红薯给我吧？"

女人说："我为什么要送薯给你，不给。"

我说："你不给是吗，那我去把刚才你讹我钱的事告诉他们。"

女人说："你就不是个好人。"

我说："你是好人，你是好人怎么把别人的甘蔗地说成你的，讹我的钱。"

女人说："好吧，我给你一些薯，但你不要到处乱说。"

说着，女人拿出一个塑料袋，装了一袋红薯给我，我掂了掂，有四五斤的样子。

提着红薯，我仍往那片甘蔗地去。

我想再去拔一根甘蔗吃。

走近时，发现甘蔗地里有人在拔甘蔗，也是个女人，但这个女人比刚才挖薯的女人年纪要大一些。女人很热情，见我走来，女人说："吃甘蔗。"

我没想到女人这么热情，脱口而出："不吃。"

女人说："吃呀，我甘蔗好甜。"

我犹豫了一下，对女人说："其实我刚才拔了你一根甘蔗吃，我给你钱吧？"

女人说："要什么钱。"

我说："这怎么好意思，我还是给你钱吧？"

女人说："地里的东西，拿什么钱，真的不要。"

女人不仅不要我的钱，还递一根甘蔗给我，对我说："再吃些，我的甘蔗真的好甜。"

我说："是好甜。"

女人说："甜就多吃些。"

说着，女人把手里的甘蔗硬塞了给我。

我只好拿着。

这时候，我有些自惭形秽，便把眼睛移开。忽然，我看见那个女人还在挖红薯。

我走了过去。

近了，女人看见我了，问我："你怎么又来了？"

我说："我来把钱给你。"

女人说："给我钱？"

我说："是呀，拿了你的红薯，怎能不给钱呢？"

说着，我从口袋里掏出十块钱递给女人。

女人很意外，不敢接，只问："你怎么一下子变好了？"

我没回答，把钱塞女人手里后，转身走了。

扔下女人傻傻地站在那里。

我没什么事，在这里坐一下吧

那个村老杨去了好几次，一般都是开车去。村里有人，几个人坐在一棵大树下，见他来了，一个人说："又来玩呀。"

老杨说："没什么事，出来溜达溜达。"

一个人说："你不像我们乡下人，你应该有退休金吧？"

老杨说："有。"

一个人问："退休金有多少呢？"

老杨说："四五千吧。"

树下坐着的人，便啧啧嘴说："还是有工作好，退休金那么高。"

老杨说："还好吧。"

一个人又开口了，对他说："总见你一个人出来，带老伴一起出来呀。"

老杨说："老伴早两年走了。"

一个人说："你条件这么好，再找一个。"

老杨开玩笑说："你们村有吗，帮我介绍一个。"

一个人说："你会要我们乡下人？"

老杨说："会呀，乡下人有什么不好？"

就有一个人大声喊起来："李婶子,给你介绍个老伴要不要？"

那个叫李婶子的大声回过来："不要。"

他看了看，回话的李婶子坐在自己家门口做着什么，头也没抬。

一个人又大声说："人家有退休金。"

李婶子回过来："有退休金也不要。"

老杨后来走近了李婶子，问她："你在做什么呢？"

李婶子说："择菜，等下好拿去卖。"

老杨说："这菜栽得好，新新鲜鲜，看着都喜欢。"

李婶子说："我也觉得。"

老杨说："我来过好多次了，总看见好多人坐在树下玩，但没见过你。"

李婶子说："我地里事多，没有闲。"

老杨后来又去了几次，没见到那个李婶子，也就是说，李婶子家门口没有人。但有一次，见到李婶子了，李婶子仍坐在门口择菜，见了他，李婶子说："又来玩呀。"

老杨说："很少看到你。"

李婶子说："我一般都在菜地里，没在菜地里，就是卖菜去了。"

老杨说："不要这么辛苦。"

李婶子说："习惯了，不辛苦。"

说着话时，一个人走了过来，这人说："这个人有退休金，老伴走了，李婶子你也没老伴，你们在一起合适。"

李婶子说："我这辈不可能再找人，一个人多自在。"

说话的人不再吭声了。

这天大早老杨就出门了，一个人过日子，孤单，也睡不着。

于是起来，开车往外走。在去那个村的路上，老杨忽然看到李婶子挑着菜走来，便停了车，等李婶子走近时问她："李婶子，这么早去哪里呢？"

李婶子回答："去卖菜呀。"

老杨说："我搭你去吧。"

李婶子说："这好吗？"

老杨说："这有什么不好？"

然后，老杨把李婶子的两筐菜搬上了车，筐里的菜很新鲜，有韭菜、空心菜、苋菜和小白菜，码得整整齐齐。等李婶子上了车后，老杨问李婶子："这天才蒙蒙亮，你这菜是昨天码好的吧？"

李婶子说："不是，是早上码的。"

老杨说："我说怎么这么新鲜。"

李婶子说："不新鲜卖不出去。"

老杨说："那你什么时候去地里拔菜呢？"

李婶子回答："半夜一两点。"

老杨很惊讶的样子："这么早，你不害怕吗？"

李婶子说："有时候也害怕，记得有一次，一个黑影从身边蹿过，不知什么东西。还有一次，总觉得身后有人跟着，吓得我急忙回来，不敢出门。"

老杨说："真不容易。"

把李婶子送到菜市场，老杨就走了，这后来，老杨又有好久没见到李婶子，那个村也去过，但没看到李婶子。这天半夜，老杨又睡不着，忽然想到李婶子，这个时候她应该在地里拔菜吧？老杨跟自己说。然后，老杨起床了，他决定去乡下看看。

离那村不远，老杨果然看到路边的地里有灯光一晃一晃，便停下车，问道："是李婶子吗？"

一个声音回过来。"是。"

随后，老杨一直坐在路边，没走，李婶子见了，就说："你怎么不走？"

老杨说："我没什么事，在这里坐一下吧。"

后来，老杨还来过几次，就坐路边等，每次，李婶子都说："你怎么不走？"

老杨说："我没什么事，在这里坐一下吧。"

这天，老杨又去那个村，树下仍坐着人，还有李婶子，也坐在门口择菜。有人见了老杨，又大声喊起来："李婶子，我跟你介绍个老伴吧，你要不要？"

李婶子说："我要有什么用，要人家愿意。"

老杨大声说："我愿意。"

乡村风情

戏　台

三公往戏台那儿去，不是去看戏，是习惯往那儿去。村里还有几个老人，春生公、李阿婆等，也都喜欢往戏台这儿来，然后，坐在戏台下面的一溜石凳上。坐一起肯定会说话，三公说："好久没演戏了。"

春生公说："有二十多年没演了。"

李阿婆说："戏台上都长草了。"

说着话时，走来一个人，三公一看，就知道这是个城里人。城里人拿着手机，对着戏台不停地拍照，还说："这戏台看样子很古老。"

三公说："几百年的戏台，当然古老。"

城里人说："这戏台有几百年？"

李阿婆说："当然有，这是当年汤显祖捐资修建的。"

城里人说："汤显祖捐资修建的，真的假的？"

春生公看着来人，问他："你知道汤显祖的老师叫什么？"

城里人摇头

三公接嘴："汤显祖的老师叫徐良傅，徐良傅就是我们村的人，当年汤显祖《牡丹亭》演出名后，汤显祖为了感谢老师，特意捐资在我们村修戏台，演《牡丹亭》，据说当时演了全本，演了十天十夜。"

城里人说：“汤显祖老师是这个村的人，那这戏台真有可能是汤显祖捐资修建的。”

春生公说：“什么有可能，汤显祖诞辰400周年时，市里有专家到我们村考察这戏台，还在戏台上演了汤显祖的戏。”

李阿婆说：“当时我们都看了戏。”

城里人有些兴奋，不停地说：“那真是古迹，我拍下来，发朋友圈。”

城里人发没发朋友圈，三公不知道，他们坐了一会儿，天不早了，便起身回家了。

这个晚上，三公忽然听到戏台那儿传来唱戏的声音，三公从床上爬起来，往戏台那儿去。果然在演戏，三公看见，春生公、李阿婆都在看戏，村里还有好多人，也来了。演的戏正是汤显祖的《牡丹亭》，三公听到台上的人在唱：

原来姹紫嫣红开遍
似这般都付与断井颓垣
良辰美景奈何天
赏心乐事谁家院
……

三公后来怎么回家的他不知道，但早上从床上爬起来时，三公还记得昨天晚上看过戏。三公爬下床，往戏台那儿去，到了，却发现戏台上不像演过戏的样子，戏台上面仍有草。这时候春生公和李阿婆来了，于是三公问：“昨天晚上这里演过戏吗？”

春生公说："没有。"

三公说："演了呀，我明明来看了戏。"

李阿婆说："你做梦差不多。"

三公就明白了，昨晚确实是做梦。

这时候村里一个叫李东的年轻人走了过来，三公就问："李东你回来了？"

李东说："刚回来。"

三公说："你们年轻人都出去了，村里只剩下我们这些老头子老妈子。"

李东说："我这次回来，再也不出去了。"

春生公和李阿婆问："不出去在村里做什么呢？"

李东说："我觉得要做的事多得很。"

三公摇着头说："我不信你会留在村里。"

过了两天，三公被儿子接走了，三公的儿子一直不放心三公一个人住在村里，于是把三公接城里去了。这以后两年多时间，三公一直在城里，没回来。当然，村里一些事，三公还是知道的。春生公会打电话给他，春生公告诉三公，李东真的留在村里了，他在村里办了榨油厂，还办了米粉厂、酱油厂。春生公还告诉三公，说村里好多人都回来了，就在李东厂里打工。春生公还说，李东把戏台也修好了，准备演戏。三公听说村里要演戏，就闹着要回村。没办法，三公的儿子就把三公送了回来。三公回来就看到村里变样了，人也比以前多了好多，村里人来人往热热闹闹。

很快，三公见到春生公了，还有李阿婆他们，他们像以前一样坐在戏台下面的一排石凳上。不同的是，后面的戏台已经修好了，上面，没有草。

春生公当然看见了三公，春生公说："你赶得巧呀，今天晚上就演戏。"

三公问："演什么戏？"

春生公说："演汤显祖的《劝农》"

三公说："终于有戏看了。"

天黑了，戏开演了，三公坐在下面。他想起上次在梦里看戏，他怕这次也是在做梦，于是伸手掐了掐自己，不错，是真的，不是做梦。

台上唱起来：

山也清水也清

人在山阴道上行

春云处处生

官也清吏也清

百姓无事到公庭

农歌三两声

吃　粉

这天早上，小林想吃粉。

在城里打工时，小林早上差不多都是吃粉，街口那儿有个南丰水粉店，这种水粉丝丝滑滑，非常好吃。为此，小林的早餐，总在这家南丰水粉店打发。但自从村里办了加工厂，小林在村里做事后，小林再没吃过那样好吃的水粉了。今天不上班，小林突然想到那家南丰水粉店，想吃了。

便出门。

小林的妻子见小林一大早出去，喊住他："你去哪里？"

小林说："想吃粉。"

妻子说："我来煮。"

小林说："你煮的粉谁吃，我要去城里吃南丰小粉。"

妻子满脸不解，说他："你吃个粉还跑城里去？"

小林笑笑说："不可以吗，你要不要一起去？"

妻子说："我才不去哩。"

小林说："那我走啦。"

说完，小林开车走了。

小林家离城里有二十多公里，以前小林在城里打工时，很少回村，那时候小林回来，不是挤班车就是打摩的，才二十几公里，小林却觉得村里离城里很远或者说城里离自己村很远。但自从小林买了车后，小林觉得城里很近了，小林时不时地开车去城里，也就是一踩油门，就到了。

的确，现在小林一踩油门，路程便过了一大半。忽然，一辆车超过了自己，小林认识这辆车，村里禾生的车，小林便按下蓝牙电话，问禾生："禾生，你这一大早去哪里呢？"

禾生说："今天不要上班，想去城里吃南丰水粉，好久没吃了。"

小林"啊"了一声。

禾生说："你这么早进城，去做什么呢？"

小林说："跟你一样。"

禾生说："还有跟我一样的人，大老远跑城里去，只为吃个粉？"

小林说："是呀，我还以为只有我会做这样的事，哪知道还有伴。"

十几分钟后，小林到了南丰水粉店，禾生当然也到了。让小林意外的是，村里的春生和李小东也在店里吃粉，当然要打招呼，小林说："你们也在这里吃粉？"

春生和李小东同时回答："好久没吃南丰水粉，想吃，就来了。"

然后，四个人坐一起吃，小林问春生和李小东："你们怎么来的？"

李小东说："滴滴打车来的。"

禾生说："你说我们几个乡下人，吃个粉，不是开车来，就是打的来，还真阔气。"

春生说："现在我们乡下人也跟以前不同了。"

小林接嘴："是不同，以前我们乡下人只能在城里打工，乡下除了老人和孩子，就没有年轻人，没想到现在我们乡下也办了那么多厂，什么加工厂、香料厂，还有榨油厂。我们不要出村，就可以打工赚钱。休息日，还可以开车或打的来城里吃粉。"

禾生说："最主要的，是村里人多热闹了，像个村子了。"

这个早晨，几个人慢慢吃，不仅吃粉，还炒了几个菜，春生和李小东还喝了酒，那种南丰水酒，一直吃到九点多，才散场。然后，春生、李小东坐小林的车一起回村。到村里时，差不到十点了。村里真的比原来热闹了，人来人往，见小林开车回来，都问："小林，这么早开车到哪里？"

没等小林开口，春生回话了，春生说："到城里。"

又有人问："这么早到城里做什么？"

小林说："到城里吃粉。"

便有人说："真洋气，吃个粉还到城里去。"

此后无话，小林天天在村里上班下班，十几天后的一个早晨，小林忽然又想去城里了，吃粉。

便出门。

妻子仍然喊住他："你去哪里？"

小林说："想吃粉。"

妻子说："我来煮？"

小林说："今天不吃你煮的粉。"

妻子说："又去城里吃南丰水粉？"

小林说："现在吃南丰水粉不要去城里了，村里就有。"

妻子很惊讶："村里就有？"

小林说："是呀，春生在村里开了一家南丰水粉店。"

妻子说："在村里就可以吃到南丰水粉，我也去。"

说着，妻子挽着小林，出门了。

买　油

老刘退休后，喜欢到处走，通常他会开车出去，然后这个村走走那个村看看。这天又要开车出去，老伴叫住了他，老伴对他说："你整天在乡下走，看看有菜籽油卖啵，买些菜籽油回来。"

老刘说："好。"

老伴说："要买那种农民自己榨的油。"

老刘说："知道。"

说着，老刘开车出去了，往一个叫凤岗的镇上去，老刘知道这镇上有人榨油。到了，果然闻到油香。很快，老刘见到榨油的人，这是个有点驼背的男人，老刘跟他说："有菜籽油卖啵？"

男人说："有。"

老刘问："多少钱一斤？"

男人说："二十块。"

老刘说："怎么要二十块钱一斤呢，超市里十斤油才八九十块，你的油怎么比超市还贵？"

男人说："我们是菜籽油，比超市的油好。"

老刘说："我听人说一斤菜籽油只要十五块。"

男人说："你去买菜籽来榨吧，买菜籽来榨油，差不多十五块一斤。"

老刘问："哪里有菜籽卖？"

男人说："到处都有，你看到有人晒菜籽，找他买，人家就会卖。"

老刘"哦"一声，离开了。然后，老刘开车在乡下走，不久，老刘就看到有人在门口晒菜籽，是个女人，在用木棒敲打着晒在地上的油菜。老刘走过去，问女人："听说买菜籽去榨油，会比直接买油便宜些。"

女人回答："当然。"

老刘问："菜籽怎么买？"

女人说："五块钱一斤。"

老刘问："一斤菜籽榨得出多少油？"

女人说："三两半。"

老刘飞快地算起来，一斤菜籽榨三两半油，十斤菜籽榨三斤半油，一百斤菜籽榨三十五斤。一百斤菜籽五百块，五百除三十五斤，一斤差不多是十五块，比直接买油要便宜。明知便宜，老刘还是问了女人一句："还可以便宜一点吗？"

女人说："要便宜自己去割。"

老刘说："什么意思？"

女人便指着不远的油菜地说："我公公在那里割油菜，你自己去割，肯定比买菜籽便宜。"

老刘好奇，真往那儿去，到了，老刘和老人打招呼说："在割油菜呀。"

老人说："是，你做什么？"

老刘说："我可以来割油菜吗，听说这样榨出的油要便宜些。"

老人说："可以，只要你花钱，这块地上的油菜便是你的，你自己来割。"

老刘说："这块地有多大？"

对方说："三分地。"

老刘说："能割出多少菜籽？"

老人说："一百斤左右。"

老刘说："一百斤菜籽能榨三十多斤油。"

老人说："对。"

老刘说："我要给你多少钱。"

老人说："三百块。"

老刘又飞快地算起来，把这块地的油菜全买下来，可以收一百斤菜籽，榨出三十多斤油，成本只是三百块，等于一斤油还不到十块钱。这当然便宜，老刘当即说："好，这块地我自己割。"

老刘便付给老人三百块钱，然后拿老人的镰刀在那块地里割起来。这时候才上午九点多，割到中午，那块地割完了。但事情没完，还要晒，老刘在老人的指导下把割好的油菜铺开，放地里晒，然后回家。老伴看到老刘空着手回来，便问："你买的油呢？"

老刘说："还要等几天。"

过了两天，油菜晒得差不多了，老刘又在老人的指导下把油菜搬到老人门口。那是一块水泥地，在这里，老人把一根木棒递给老刘，让他敲油菜上面的果，那果叫长角果，俗称长角，菜籽就藏在长角里面。晒干的长角，敲一敲，菜籽就会从里面脱落下来。这一天，老刘拿那根木棒在油菜上敲打，把菜籽打出来。

这天傍晚，老刘把那些菜籽拿回了家，这时候的菜籽还没完全晒干，甚至还有好多长角没有裂开，要继续晒，才会裂开。老刘把这些都装回了家，整整两大袋，老伴看老刘拿这些东西回家，便说："叫你买油，你怎么弄了这些东西回来？"

老刘说："可以榨油呀。"

那些菜籽，老刘又在小区里晒了两天，这时候菜籽完全晒干了，称一称，真有一百斤。

这一百斤菜籽，榨出了三十多斤油。

老伴当然也知道老刘省了钱，但老伴还是挖苦老刘说："就为了省这两三块钱，你忙了五六天。"

老刘说："不仅仅是为了省钱。"

老伴问："那为了什么？"

老刘说："你不觉得我这几天过得很充实吗？"

事情还没结束，第二年，老刘在附近开了一块地，栽了一亩多地油菜。这一亩多地，老刘收获五百多斤菜籽，能榨出一百五十多斤菜籽油。

这么多油当然吃不掉，老刘有油卖了。

一起跑吧

他本来是出去玩的，开着车在乡下玩，有一条路，铺着水泥的乡间小路，风景特别美，画一样。这样一条路，让他想跑了。自从退休后，他开始跑步，今天早上本来想跑，但早上下雨，没跑成。这会儿看着一条画一样的乡间小路，他真的想跑了。

他便把车停在路边，跑起来。

路上有人，骑车的走路的都有，一个人看着他跑过，问他："你跑什么？"

他说："锻炼身体。"

问的人又问："跑步真可以锻炼身体？"

他说："当然可以，我刚退休时，上个楼总是气喘吁吁，跑了几个月，上楼根本不会喘了。"

问的人说："难怪总看见街上的人跑步。"

他说："农村人也可以跑，对身体真的有好处。"

说着，跑远了。

一个人，骑着电动车从后面过来，这人说："看你跑得这么快，你有什么急事吗，要不，我载你去吧。"

他说："不要，我只是跑步。"

骑电动车的人问："跑步？"

他说："对，跑步，锻炼身体。"

骑电动车的人说："跑步对身体真有用？"

他说："有用，我以前总是三天两头感冒，跑了几个月，很少感冒了。"

骑电动车的人说："真的吗？"

他说："真的。"

此后好几分钟，骑电动车的都跟在他边上，跟他聊天，直到骑上另外一条路，才和他分开。

他继续跑着。

他前面，有一个人骑着一辆三轮车，看见他跑，那人慢下来，等他跑近了，那人说："你跑什么呢，是有什么急事吗，要不你坐我三轮车吧，我带你去。"

他仍说："不要，我只是跑步。"

开三轮车的问："跑步？"

他说："对，跑步。"

开三轮车的说："去城里的时候，是看到有人跑，跑步有什么用？"

他说："有用，有时候人郁闷，跑一下，会开心很多。"

开三轮车的说："有这事？"

他说："真的。"

开三轮车的也和他说了一会儿话，然后一加油门，三轮车突突地开走了。

他继续跑着。

一辆汽车后来追上了他，司机摇开车窗，问他："你有什么急事要去前面吗，我带你去？"

他说："跑步。"

司机说："跑到我们乡下来了。"

他说："这条路风景好。"

说完，他转身，往回跑。

这次他跑了十公里，在画一样的风景里，他很开心。

这后来的一天，他又想去那条路上跑，记得路，于是开车前往。在那条路上，他竟看见路上有一个人在跑，像他一样，也上了年纪。他便让车慢下来，问他："你跑什么，有什么急事要去前面办吗，要我带你去吗？"

对方说："不要，我只是跑步。"

说完，对方看出是他，便说："是你呀，那天是你在这条路上跑步？"

他说："是我。"

对方说："一起跑吧。"

他回答："好哩。"

再去时，那条路上多了好多人跑步，见他来，都喊："你又来了。"

也有人说："一起跑吧。"

乡村
纪事

向东，您好

　　我也喜欢跑步，这天开车去乡下，也看到一条路，它左边是河，右边是田。秋天了，左边是"秋水共长天一色"的景致，而右边，稻谷熟了，我眼里遍地金黄。看到这样一条好风景的路，便想跑一会儿。于是停车，换上红色跑鞋，在路上跑起来。

　　路上有一个人和我打招呼："您好！"

　　我回一句："您好！"

　　又一个人也跟我打招呼："你好！"

　　我仍回："您好！"

　　还有一个人，他从后面追上我，也打招呼："您好！"

　　我又回："您好！"

　　我跑得慢，追上我的人，大步走着。这人说："谢谢你呀！"

　　我说："谢我？"

　　对方说："怎么不要谢你呢，我老婆说她带我母亲去看病，一时找不到车，是你开车把她们送到医院的。"

　　我说："不是我。"

　　对方说："你不是向东？"

　　我说："我不是向东。"

　　对方说："你不是向东呀，我还以为你是向东。"

　　我问："你为什么会把我认成向东呢？"

对方说："向东经常在这条路上跑步，穿一双红色跑鞋，看见你也穿着红色跑鞋跑步，以为你是向东。"

我说："你没见过他？"

对方说："我一直在外面做事，才回来，是我老婆告诉我，她说向东经常在这条路上跑步。"

我说："我明白了，一个叫向东的人，经常在这条路上跑步。有一天，你老婆带你母亲去看病，打不到车，那个向东开车送她们去了医院。"

对方说："是这么回事。"

因为我不是向东，对方慢下来，没再跟着我。

不一会儿，又一个人从后面追过来，还大声喊道："向东，您好！"

我说："我不是向东。"

我一说话，对方知道认错人了，便说："真不是向东，我看见一个人在这儿跑，以为是向东。"

我停下来，问对方："你认识向东？"

对方说："当然认识，他经常在这儿跑，跑完了，就在这条路上走，有时候也到我们地里玩。去年，他看我在栽晚稻，便建议我栽再生稻。"

我问："什么是再生稻？"

对方说："就是早稻收割之后，不要再栽晚稻，地里会长出再生稻，你看，这地里就是再生稻。"

我说："这再生稻挺神奇的。"

"是的。"对方说着，拐进田里去了。

我继续跑着。

跑了一会儿，看见路边有一个人在挖薯，见我跑过来，这人说："向东，你今天带些薯回去。"

我说："我不是向东。"

我一说话，对方也知道认错人了，对方说："看见一个人在这儿跑，以为是向东。"

我停下来，问对方："你也认识向东？"

对方说："当然认识，他经常在这儿跑，跑完了，就在这条路上走，有时候也到我们地里玩。有一次他在我地里看我挖薯，便建议我栽紫薯，说价钱高，我今年栽的就是紫薯，果然可以多卖两块钱一斤。"

我看着一地红薯，问对方："这就是紫薯？"

对方说："是。"

我说："你以前怎么不知道栽这种紫薯呢？"

对方说："栽惯了红心薯，就没想过栽别的薯，再说也不知道哪里有薯秧，还是向东带我去买的薯秧。"

我说："这个向东是你们这儿哪个村的人？"

对方说："他是城里人，他说这儿风景好，空气也好，所以经常开车来跑步。"

我问："他一个城里人怎么懂这些，刚才一个人告诉我，说他栽的再生稻也是向东让他栽的。"

对方说："不错，这事我知道，我也问过向东，他一个城里人，怎么懂这些，向东告诉我，他做了两年驻村干部。"

我说："难怪。"

说过，我继续跑起来。

仍有人跟我打招呼：

一个人说："向东，您好！"

又一个人也说："向东，您好！"

我不是向东，但依然回一句："您好！"

正跑着，忽然看到一个像我一样跑着的人，这人看着不像本地人或者说不像农民，脚上也穿一双红跑鞋，我想他应该就是向东吧，于是我向他招手："向东，您好！"

他回一句："您好！"

果然，他是向东。

黄坊蜜桃

开车从抚州去金溪，要经过黄坊村，这是水果之乡。

每次，都看到路边有人卖水果。

正是蜜桃上市的季节，见车开过，有人喊："卖桃，黄坊蜜桃。"

我便停车，过去问一声："几多钱一斤？"

"六块。"好几个声音一起回答。

我有些不信，问他们："抚州街上的桃子都是十块钱三斤，你们这里的桃怎么要六块钱一斤？"

"我们黄坊的桃好吃。"有人回。

一个女人，是个看起来很好看的女人，她递一个桃过来，对我说："你尝一个就知道。"

我咬一口，果然好吃。

于是买了几斤。

这桃拿回家，家人都说好吃。尤其是我外孙，正读初三，功课紧作业多，辛苦得很，平时他吃什么都没有味，吃了桃子后，却说桃好吃，还问："外公，这桃子哪买的？"

"金溪黄坊。"我回答。

"下次再去买些。"外孙说。

我点头。

隔天我就去了，找到那个好看的女人，对她说："你这桃确实好吃。"

女人说："当然，吃过的都说好吃。"

这次，我买了十斤。

几天后再去，没在树下看见那个好看的女人，另一棵树下有个老人，我问他："那个卖桃的女人呢？"

"找她做什么？"老人问。

"买桃呀。"我说。

"我也有呀。"老人说。

"她的桃特别好吃。"我跟老人说。

"一样的，都是同样的品种。"老人说。

说着，老人递一个桃给我尝，咬一口，的确，同样好吃。

这天，我在树下站了一会儿，我看见路两边的树下都是人，男女老少都有，见这么多人，我问老人："这些都是你们村的人吗？"

"是呀。"老人回答我。

我说："你们村的人倒蛮多，不像有些村，村里没什么人。"

"村里没人，是因为他们都出去打工了，我们村的人不出去，在家里栽东西。"老人说。

我后来才知道，黄坊不仅桃好吃，瓜也好吃。这瓜，叫蜜瓜。还有梨、橘子、柚子都好吃。瓜叫蜜瓜，梨叫蜜梨，橘子叫蜜橘，柚子叫蜜柚。这些水果，真的配得上这个蜜字，吃在嘴里，蜜一样甜。于是这一年当中，我无数次往黄坊跑。一次，我还去了村里，但村里静静的，没什么人。许久，看到一个老人，便过去问他："你们村没人出去打工呀，村里怎么也没有人？"

老人说："不是在马路上卖东西，就是在地里。"

我往村外走，去地里，才出村，就看见一个花花绿绿的世界。那一块地，绿毯一样，是瓜地，绿毯里星星点点的花，是蜜瓜开的花。远一点儿，是一片桃树，也是一片绿，这片绿和蓝天接壤，仿佛，那桃林也是一片蓝天。桃子熟了，红红地挂在树上，仿佛，这是蓝天上的云彩。

我走进这片云彩里。

村里人都在这片云彩里，包括那个好看的女人，也在。我走近她，对她说："满地都是瓜果，看着都喜欢。"

女人说："吃呀。"

另一个女人说："我们黄坊桃好吃，瓜好吃，梨也好吃。"

我说："吃过，确实好吃。"

说着话时，忽然我想打听一下他们的收入，于是问那个好看的女人："你们黄坊栽瓜果出名，收入一定不低吧？"

"一年六七万吧。"女人回答我。

"你呢？"我问一个老人。

"差不多。"老人看着我。

"能赚这么多钱，难怪你们村没人出去打工。"我说。

"倒是有人来我们村打工。"一个人笑着说。

那个好看的女人，也笑，还摘一个桃递给我。

我咬一口，真甜，甜得沁入心扉。

我和农民李小为的交往

一天在乡下玩，看见一个男人在地里拔甘蔗，便过去搭讪："你这甘蔗栽得好。"

男人笑笑，回答："还好。"

男人接着说："吃甘蔗。"

男人不是说说而已，还递了一根甘蔗过来。我也不客气，接过甘蔗就咬，然后说："好甜。"

男人笑了。

一个女人走过来，喊男人："李小为，你就拔蔗呀。"

男人应一声。

我于是知道这个男人叫李小为。

这天我跟李小为聊了好一会儿，还帮他拔甘蔗。走时，李小为送了我一捆甘蔗，有七八根。我不要，李小为硬要给，我推辞不过，只好拿了。到家时妻子看我扛回来一捆甘蔗，问我："买这么多甘蔗做什么？"

我说："在乡下玩，一个农民送的。"

妻子说："你认识他？"

我说："不认识。"

妻子说："你不认识他，他干吗送你甘蔗？"

我没解释，剁了根甘蔗吃，真的很甜。吃着时我寻思，平白无故地拿了人家一捆甘蔗，我得回点什么给人家。刚好家里有一袋香菇和红枣，我拿了出门，妻子见了，问我："拿哪里去？"

我说："拿了人家那么多甘蔗，我去回些东西给人家。"

妻子说："这香菇七八十块钱一斤，他几根甘蔗哪值这么多钱？"

我没睬妻子，走了。

见了李小为，我把东西给他，李小为有些意外，跟我说："怎么能拿你的东西？"

我说："我还拿了你的甘蔗呢？"

李小为说："地里的东西，不值钱。"

在随后的大半年时间里，我和李小为依然有来有往，通常是我去李小为那儿玩，然后李小为会给我些东西，然后我过几天会拿些东西回给他。比如有一次李小为给了我一袋红薯，我过后回了他两包莲子。又一次李小为给了我一袋萝卜，我回了他一袋木耳和几斤香蕉。再一次李小为给了我一袋芋头，我回了他两瓶酒。

我妻子当然知道这些，她总是摇头，还说："你觉得有意义吗，人家给你的东西，根本不值钱，你给他的，哪次不要七八十或者上百。"

我说："哪能这么算？"

后来李小为问我住哪里，我当然告诉了他。于是李小为便到城里来找我，他第一次来，搬了一只大冬瓜来，然后在我楼下老刘老刘地叫。我把头探出窗外，应一声。李小为就上来了，然后放下东西就走。我妻子在李小为走后问我："这就是你交的那个农民朋友？"

我点着头说："他叫李小为。"

妻子说："真不知道，你怎么会和一个农民交朋友？"

李小为后来还来过几次，他来时，肩上总会扛些他在地里栽的东西，到了，在楼下喊："老刘——老刘——"

我便把头探出窗外，叫他上来。李小为便走上楼来，然后把东西递给我。碰到吃饭的时候，我便喊李小为吃饭，还会和他喝些酒。我妻子不大喜欢李小为，她总觉得在我们的交往中我吃了亏，为此，她不大理睬李小为。

这天，李小为又来了，也在楼下喊："老刘——老刘——"

那天我正在打电话，没应他，只把头探出窗外向他摆摆手。李小为就上来了，对我说："我拿了些葛粉给你。"

我点点头，表示感谢，然后对着手机说："也不差多少，四五万吧。"

又说："你没有呀，那算了，我找别人借。"

李小为没走，还在门口，在我打完电话后他问："是不是在借钱？"

我说："我这房子小了点，想换套大一点儿的，差那么几万块钱，打电话跟亲戚朋友借，却没人愿意借。"

李小为"哦"一声。

这天李小为又来了，也在楼下老刘老刘地喊。我让他上来，他一上来，就递给我几沓钱，还说："我这里有五万块钱，你先拿着用吧。"

我很惊讶，我妻子也在，同样惊讶，好一阵，我才问："你哪里有这么多钱？"

李小为说："我们村拆迁了。"

我"哦"一声。

我妻子则连忙说："谢谢！谢谢！"

后来我就很少见李小为了，当然，也不是没见着，比如我把旧房卖了后，就去找过他，把钱还给了他。这后来的一天，我忽然看见李小为了，就在我们小区里，我说："李小为，你怎么在这里，你来看我吗？"

李小为说："我住这里。"

我说："你也住这里？"

李小为说："是，我买了一套二手房，装修好的，住进来了。"

我说："我们是邻居了。"

虽然同住一个小区，但我还是很少碰得到李小为，不知他在忙什么。这天，忽然听到李小为在楼下老刘老刘地喊，我妻子听了，连忙把头探出窗外，对李小为说："上来，上来。"

李小为就上来了，把手里一袋东西拿进来，还说："我拿些红薯给你们。"

我问："你哪里还有红薯？"

李小为说："我在小区外面开了一块地，栽的。"

我妻子接嘴，跟我说："哪天你也跟李小为一起去开块地，栽些东西。"

我应一声："好哩。"

我闻到油香了

　　他退休后经常回老家——一个很偏僻的小山村，有些远。但对他而言，远不是问题，他开着车，半个小时就到了。在老家，他把老房子打扫了一下，还栽了些菜。做这些的目的，就是打发时间。但大多数时候，他还是觉得闲，觉得无聊。村里没什么人，有时候他在村里走来走去，也看不到什么人。偶尔看到一个，也像他一样是上了年纪的老人。老人当然会跟他打招呼，跟他说："又回来啦？"

　　他说："回来啦。"

　　老人又说："大家都往城里跑，你却往乡下跑。"

　　他说："在城里也没什么事，闲得慌。"

　　老人说："反正你有车子，方便。"

　　他后来经常往外走，当然在乡下走。通常，他会开车出去，然后把车停在某一个地方，再漫无目的地走着。这天走着走着，就到了凤岗镇。在街上，看见做棉被的，便在那儿看，一看许久，还和人家说话，他说："以前棉花是用弓弹，现在用机器。"

　　对方说："时代不同了。"

　　他问："哪样好？"

　　对方说："都好。"

　　他仍在那儿看，又问："蚕丝被、丝光棉被、棉花被哪样好？"

对方说："你要我说，我还是觉得棉花做的被子好。"

他说："不是说蚕丝被好吗？"

对方说："你看见哪里有养蚕的？"

他忽然明白了，他说："你是说没有真正的蚕丝被？"

对方说："真正的蚕丝被很少。"

这天，他整个下午都在那儿看人家做棉被，天不早了，才离开，走的时候他忽然觉得这样打发时间挺好的。

又一天，他看见凤岗街上有一家榨油坊，他又在那儿看，也是看了许久，还跟人家说话，他说："这榨的是什么油？"

对方说："茶油。"

他说："还会榨什么油？"

对方说："菜籽油、花生油都会榨。"

他说："哪种油最值钱？"

对方说："当然是山茶油。"

他说："这山上漫山遍野都是山茶树，满树的茶籽，它榨的油更值钱？"

对方说："山茶油对身体好呀。"

这天也是看了许久，一个下午，又这样打发了。

回去的时候有一条山路，山上真的是漫山遍野的山茶树，秋天了，满树的山茶籽。他停下车，去看那些山茶树。忽然，他发现好多山茶籽都落在地上。他有些不解，不知道这么好的茶籽为什么没人摘。正疑惑时，有人走过，他便问："这树上的茶籽怎么没人摘呀？"

来人说："乡下人都出去打工了，没人顾得上这些。"

他"哦"一声。

这天，他在老家山上也看到很多茶籽落在地上，他觉得可惜，一一捡起来，捡了许久，竟捡了好多。

这些茶籽，后来都晒在他门口，有人见了，问他："你捡这些茶籽做什么？"

他说："榨油呀。"

这些茶籽，后来真被他拿去榨油了。他提着油回来，对村里的老人说："这是我捡的茶籽榨出的茶油。"

他又说："你们山上就有茶树，去摘呀，不摘浪费了，茶油是好东西。"

老人说："镇上才有榨油机，那么远，我们怎么去？"

他说："我开车送你们去。"

他这样说，村里的老人便去摘茶籽，他说到做到，真开车送老人去镇上榨茶油。不仅如此，每次去榨油时，他都认真地看，还问："榨油机要多少钱一台呀？"

对方说："几万吧。"

他问："哪里有卖？"

对方说："你也想开榨油坊呀？"

这话说对了，他真想开榨油坊。

后来他真在村里开了榨油坊，这下村里人榨油不用去镇上了。不仅是村里人，附近村里的人，也会拿着茶籽来榨油。

一个村，浸在油香里。

这时候山上的茶籽有人摘了，有一天他出门，看见山上到处都是摘茶籽的人。

这天又有人来榨油，是两个人，一个说："这么小的一个村，有榨油坊？"

一个说："有，我闻到油香了。"

彩　礼

　　女孩到了出嫁的年龄，女孩长得好，这样的女孩谁见谁满意。果然，这天女孩去见了一个男孩，男孩或者说男方对女孩很满意，而女孩，也觉得男孩不错。既然双方都满意，就开始谈条件了。其实，就是女方跟男方提条件。女方说："在城里必须有一套房子，城里有房子，以后孩子好在城里读书。"

　　男方说："在城里买了房子。"

　　女方说："给女孩的打发钱要两万六。"

　　男方说："可以。"

　　女方说："彩礼要十八万八。"

　　男方说："十八万八，太多了吧？"

　　女方说："就要这个数，我们村里好多女孩的彩礼都是十八万八，她们没有谁比我们家小苹好看。"

　　男方说："我们刚在城里买了房子，拿不出这么多钱，我们只出十二万八。"

　　女方说："低于十八万八免谈。"

　　男方说："你们怎么弄得像卖女儿一样？"

　　这样，双方谈不拢了。

　　不久，女孩又去见了一个男孩，双方也满意，于是又开始谈条件。女方说："在城里必须有一套房子，城里有房子，以后孩子好在城里读书。"

男方说："在城里买了房子。"

女方说："给女孩的打发钱要两万六。"

男方说："可以。"

女方说："彩礼要十八万八。"

男方说："十八万八，太多了吧？"

女方说："就要这个数，我们村里好多女孩的彩礼都是十八万八，她们没有谁比我们家小苹好看。"

男方说："我们刚在城里买了房子，拿不出这么多钱，我们只出十二万八。"

女方说："低于十八万八免谈。"

男方说："既然这样，那算了。"

又谈不拢了。

不久，女孩又见了一个男孩。这次还是双方都满意。又要谈条件了，女方说："在城里必须有一套房子，城里有房子，以后孩子好在城里读书。"

男方说："在城里买了房子。"

女方说："给女孩的打发钱要两万六。"

男方说："可以。"

女方说："彩礼要十八万八。"

男方说："能不能少点？"

女方说："不能。"

男方说："太多了，我们出不起。"

女方说："彩礼都出不起，找什么老婆？"

这回也没谈拢，但男方确实觉得女孩好，过后男方打女方的电话，男方说："一定要十八万八？"

女方说："一分都不能少。"

男方说："确实多了些，但依你。"

这回，谈成了。

很快，男方就把彩礼和打发钱给了女方。接着，女孩就和男孩订了婚并住到男方家了。这天，女孩对男孩说："我们把城里的房子装修一下吧？"

男孩说："过一下吧。"

女孩说："为什么要过一下？"

男孩说："没有钱，先是买了房子，再给了彩礼，现在家里没有装修的钱。"

女孩说："我有。"

男孩说："你哪有那么多钱？"

女孩说："你们家给的彩礼钱呀，我妈都给了我。"

男孩有点儿喜出望外。

很快他们开始装修了，水电工、泥工、木工依次进场。女孩要上班，没时间天天看着，于是就由男孩父母管着装修的事，账也由他们结。女孩先是给了男孩父母六万，又给了六万，再给了六万，房子装修好了，这些钱也花完了。不仅如此，新房里的家具和家电都是女孩父母买的，他们说，这是给女孩的陪嫁。

随后，女孩就开始筹办婚事了，女孩给男孩买了一块手表，一只浪琴表，一万多块。还给男孩买了一套衣服，几千块，同时给男孩父母也各买了一套衣服，都是一千多块钱一套的。婆婆在试穿衣服时问女孩说："这样一来，我们给的彩礼和打发钱你不就花完了？"

女孩说："是花完了呀。"

婆婆问："你父母怎么不留点？"

女孩说："他们怎么会要我的钱？"

婆婆说："当初彩礼议得那么高，吓死人，到头来，你一分钱都没要，还倒贴了家具家电。"

女孩说："当然要议，别人的彩礼都是十八万八，我如果要低了，那就会被人议论。"

婆婆笑了。

很快，女孩和男孩结婚了，酒宴上，新郎的父母笑得合不拢嘴，新郎则跟新娘说："我一分钱没花，捡到一个新娘哩。"

女孩说："才知道呀。"

满　月

认识一个叫彩云的女人。

这是一个很温和的女人，四十多岁的样子。认识的原因是我经常去爬灵谷峰，会把车停在她家门口，多停了几次，就熟了。见我来了，彩云总会说一句："又来爬山。"

我说："又把车放你门口，打扰了。"

彩云说："不要紧。"

我后来知道彩云没有老公，但有一儿一女。女孩子我见过，很清秀的一个女孩儿，但她儿子我没见过，有一天我问彩云："怎么总没见到你儿子？"

彩云说："在抚州打工，早出晚归，你怎么见得到？"

我说："他做什么？"

彩云说："扎钢筋。"

彩云应该是很勤快的一个人，她房子的另一边，栽了好多菜，有辣椒茄子，还有丝瓜苦瓜。丝瓜产量高，很多时候，我都看见竹架上挂着好多丝瓜。彩云一家三口当然吃不了，有时候她会摘几根给我。我给她钱，她却不要。彩云还栽了南瓜，她房子后面，爬满了硕大的南瓜叶，好多南瓜就藏在叶子里。瓜大了，就从叶子里露出来，一个又一个。有些熟了，金黄的颜色，十分好看。有一天我看着那些南瓜时，彩云跟我说："拿个南瓜去吃。"

彩云的女儿在边上，她立即帮我摘了一个，这女孩子十二三岁的样子，我问她："读几年级了？"

"六年级了。"女孩子回答。

我又问："成绩好吗？"

"一般。"女孩子回答我。

我说："好好读书，以后读大学。"

彩云说："她成绩不是很好，估计考不上大学。"

我说："考不上大学，大专、中专也要读，总而言之一定要多读书。"

彩云就跟女孩说："听到吧，要多读书。"

女孩点点头。

有一段时间，大半年吧，我都没见到彩云，我总看见她门口挂着把锁，于是问邻居，我说："彩云呢，这么久都没看到她？"

"在抚州做事。"有人回答我。

我说："她女儿呢，也没见到，她在抚州做事，女儿怎么办？"

"她女儿在抚州三中读书，彩云就是为了陪女儿读书，才在抚州租房子，在抚州找事做。"又有人回答。

我明白了。

这天，忽然就看到彩云了，还看到一个黑黑的小伙子，我觉得他应该是彩云的儿子，便问彩云："这是你儿子？"

彩云说："我儿子。"

彩云的儿子不认识我，但还是很客气地跟我点头。

这时候是秋天，彩云家门口有棵柿子树，一树的柿子，黄了。跟我同来的一个人，就看着满树的柿子说："这柿子能吃吗？"

彩云的儿子说："不能吃，好涩。"

话是这么说，但彩云的儿子还是爬到树上去，他说："上面有几个软了，可以吃。"说着，摘了几个给我们，我吃起来，好甜。

过后，又有好久没见到彩云。

再见到彩云时，她女儿已经初中毕业了，成绩确实不好，没考上高中，我后来建议她女儿去读抚州幼儿师范高等专科学校。于是，这年开学，彩云女儿又去读书了。这回女儿住校，彩云不用陪女儿了。

再来，就经常见得到彩云了，也见得到彩云的儿子。这时，彩云的儿子应该不小了，我问彩云："你儿子找了对象吗？"

彩云说："我们这种人家，没有钱，拿不出彩礼，哪里找得到对象？"

我不好说什么了。

再次见到彩云儿子时，他更黑了，我问他怎么晒得这么黑，他说以前在外面扎钢筋，哪里白得了。这次之后，我经常看见彩云的儿子，我问他："没去扎钢筋吗？"

彩云的儿子说："不去了。"

我说："事还是要做，不做事更找不到对象。"

彩云的儿子说："我现在养鸡。"

我说："没看到鸡呀。"

彩云的儿子说："在前面山上放养。"

我便去山上看他养的鸡，围了好大的一块地，满山的鸡，我估计有几百只。彩云也在，她现在不在抚州做事了，帮儿子一起养鸡。见我走来，彩云说："他把这几年打工的钱都投在这里，如果赚不到钱，就完了。"

彩云的儿子说："一定能赚钱。"

我说："我也觉得能赚钱。"

这之后我膝盖出了问题，走路都痛，很明显，是经常爬山的结果。山是不敢再爬，而不爬山，就不会去彩云他们村。一晃，两年过去了。这天再去，看到彩云家在办喜事。彩云在门口来回张罗着，我忙喊她，还问："办什么喜事？"

彩云满脸笑容，对我说："孙子满月，你赶得巧，来吃喜酒。"

我说："祝贺祝贺！没想到你儿子这么快就结了婚，生了儿子，今天孩子满月，真的是大喜事。"

彩云的儿子这时出来，忙给我散烟，我接过烟，问他："养鸡赚到钱了？"

彩云的儿子说："比扎钢筋好多了。"

我说："难怪你这么快就娶了老婆，原来赚到钱了。"

彩云的儿子笑了。

这时一个女孩走了出来，问我："刘叔叔，你认得我吗？"

我说："认得认得，你是彩云的女儿，现在变成大姑娘了，好漂亮。

女孩也笑了。

去黄源喝喜酒

腊月二十八这天，我去了黄源村，这个村有我一个朋友，叫李晓东，他这天进屋，我去喝喜酒。黄源离抚州并不是很远，只有二十几里，我十点半出发，差不多十一点，就到了。到了黄源，我发现村子变化很大，原先这个村有很多老屋，李晓东就住在一幢老屋里，但现在，村子东边做起了一幢幢新屋。这些屋做得很漂亮，看着就是一幢幢别墅。进村后，看见一幢新屋前竖着两根老长老长的竹子，门前摆满了桌子，很多人围坐在桌子前。我知道这摆的就是进屋酒。我把车停下，然后走过去。

一个男人热情地迎过来，还说："来啦，先吃点心。"

说着，男人引我在一张桌前坐下，还端来一碗点心。我坐下，然后慢慢吃着，吃着时我东张西望，显然，我在找李晓东。但找了半天，我没看到他，包括他老婆，我也没看到。我问边上一位大嫂说："李晓东呢，怎么没看到他？"

大嫂说："你找李晓东呀，他今天也进屋，没过来。"

我说："这里不是李晓东家？"

刚才引我入坐的男人就在不远处，听了我的话，就说："你是去李晓东家喝酒？"

我点头说："是，我是他朋友。"

男人就指着一条路说："他家住那边，你顺着这条路过去，不远。"

才知道自己吃错了地方，我脸红起来，还说："不好意思，我弄错了。"

男人说："这有什么，办喜事，来的人都是客。"

我笑笑，起身离去。

随后，我开车顺着男人指引的方向去，不一会儿，就看到一家新屋前也竖着两根老长老长的竹子，门口摆了许多桌子，热热闹闹。这回不错，应该是李晓东家了，我又停下车走过去，也是才走近，一个人就过来了，这人把我引到一张桌子前坐下，也端来一碗点心。我吃着，又东张西望地找李晓东，但不用我找，手机响了，是李晓东打来的，才接通，就听到李晓东说："你到了吗？"

我说："到了呀，我正在吃点心哩。"

李晓东说："在吃点心，没见到你呀。"

我说："我也没见到你呀，是不是我又搞错了，刚才我就搞错了，村口一户人家进屋，我以为是你家，过去就吃，结果弄错了。"

李晓东说："今天日子好，村里至少有六七户人家进屋，还有人娶亲，有人嫁女儿。"

我说："没见到你，肯定错了，我马上过来。"

说过，我问边上一个人说："这不是李晓东家？"

那人回答说："不是，李晓东家在里面。"

我又起身，然后往我车子跟前去，一个人，大概是这家主人，见了追过来，还说："怎么走了？"

我说："不好意思，我弄错了，我是去李晓东家。"

对方笑笑说："不要紧，办喜事，来的人都是客。"

我笑笑，要走，但这时一个胸前戴着花的男人走了过来，这人说："这位老板，能不能帮一个忙？"

我说："什么事？"

男人说："是这样，我今天娶亲，我儿子带了车队去接新娘，但在孔家桥那边被堵了，已经堵了一个多小时了，现在只有再派车去接他们过来，我已经叫了村里几辆车，但还不够，所以想叫你帮下忙。"

我说："完全可以。"

很快，我就随几辆车一起出发了，我车上还坐了个带路的人，是个女孩，这女孩问我说："这是宝马吗？"

我说："是。"

女孩说："我算了一下，你这是我们村的第七辆宝马。"

我说："你们村有这么多人买宝马？"

女孩说："有，还有几辆奥迪。"

我说："你们村蛮富有，房子做了那么多，幢幢看着都像别墅。"

女孩没顺着我的话说，只问："你是哪家的，怎么没见过你？"

我说："我是抚州的，是来你们村喝李晓东进屋的喜酒。"

说到李晓东，李晓东就打了我手机，他说："怎么还不见人呢？"

我说："是这样，你们村里一户人家娶亲，他们的车队在孔家桥那边堵住了，他们叫我帮忙去接一下。"

李晓东说："哦，我晓得，村里只有黄光荣家娶亲，我等下也要去喝他们家的喜酒。"

我说："那等下见。"

大概半个小时后，我们的车到孔家桥这边了，桥堵得水泄不通，车不能过，但新郎已经带着新娘以及他们的亲戚走了过来。很快，他们上了车，又是半个小时，我们回到了黄源。

这时候差不多下午两点了，李晓东家的进屋酒已经散了，但不要紧，我们在这户娶亲人家的酒桌上坐一起了。酒席很快开始，热热闹闹，有人划拳，一个说："六六顺呀。"

另一个说："八就发呀。"

我在边上笑笑地看着他们，他们说得不错，现在农村政策好，农民真的很顺，也发家致富了。

过　年

　　过年了，村里爆竹噼噼啪啪地响着，爆竹声里，李老汉走出来，在村里逛着。李老汉喜欢爆竹的响声，还喜欢看家家户户门上贴的春联：

　　爆竹声中一岁除
　　春风送暖入屠苏

　　看着这样的春联，听着此起彼伏的爆竹声，李老汉觉得这才有过年的味道。

　　村里还有个老汉，叫茂发，也像李老汉一样，茂发老汉也喜欢在村里走着看着，两人碰上了，一个说："新年好！"

　　一个回："新年好！"

　　然后，两人一起在村里走着看着。

　　只是，这是好多年前。

　　后来，村里就没什么人了，过年也没人。李老汉走出来，听不到爆竹声，也没看到家家户户贴春联。茂发老汉还在，他走过来，对李老汉说："村里没人了。"

　　李老汉说："都出去了，过年也不回来。"

　　茂发老汉说："现在过年也不像过年了。"

　　李老汉说："冷冷清清没一点儿年味。"

李老汉说着，叹一声。

茂发老汉叹一声。

这年过后，李老汉被儿子接城里去了，李老汉不想去，儿子就说："你还待在村里做什么呢，村里都没人了。"

李老汉摇着头，跟儿子说："现在乡下怎么会变成这样呢？"

然后，李老汉跟儿子走了。

这一走，李老汉五六年都没回来。

这年，快过年了，茂发老汉跟李老汉打电话，茂发老汉说："你走了这么多年，也不回来看一下？"

李老汉说："有什么好看的，村里人都没有。"

茂发老汉说："瞎说，现在村里人多得很。"

李老汉说："哪来的人？"

茂发老汉说："你回来看一下吧，回来了就知道。"

过几天，李老汉就回来了，村里确实变化很大，房子多了高了，路宽了干净了，人也多了。村里还办了厂，机器声轰鸣着。那个茂发老汉，在做门卫，李老汉过去问他："这是什么厂呀？"

茂发老汉说："榨油厂。"

李老汉说："榨什么油？"

茂发老汉说："茶油。"

李老汉说："我们村还会榨茶油？"

茂发老汉说："会呀，我们村榨的茶油还销到国外。"

那时候正是上班时分，村里好多人都往厂里走，李老汉认得他们，他问茂发老汉："村里好多人都回来了？"

茂发老汉说："当然，在村里能打工，能赚钱，谁还出去。"

李老汉说："没想到，真没想到。"

说完，李老汉继续在村里走，忽然，他看到几个人手里提着一筐筐栎子，他问："捡这个做栎子豆腐吗？"

一个人答："不是，是去卖钱。"

李老汉问："栎子能卖钱？"

一个人答："可以呀。"

李老汉问："卖给谁？"

一个人答："买给豆腐厂。"

李老汉问："我们村还有豆腐厂？"

一个人说："有呀，厂好大，不仅用豆子做豆腐，还做苦槠豆腐、栎子豆腐，我们这一筐，卖得到十多块钱。"

李老汉知道他们那儿的山上到处都是栎子树，能捡到好多栎子。第二天，李老汉就到山上去捡栎子，捡了半天，就捡到一大筐，卖到十多块钱。

李老汉觉得村子真的变了。

过年了，村里爆竹噼噼啪啪地响着，爆竹声里，李老汉走出来，也在村里逛着。李老汉喜欢爆竹的响声，还喜欢看家家户户门上贴的春联：

　　乡村振兴　城乡一天更比一天好

　　国家昌盛　祖国一年更比一年强

看着这样的春联，听着此起彼伏的爆竹声，李老汉觉得这个年过得有味道。

后　记

转眼间，我从事微型小说创作已经四十年了，这四十年，我几乎只写微型小说，这种坚持，都感动了我自己。

然而，仅仅有坚持是不够的，结合近几年的创作，我认为至少应该在坚持中有所探索，同时，在坚持中有所发现。

先说在坚持中有所探索。

其实，这种探索在前几年就开始了，比如我写的《你以后看见农民卖东西，不要还价》，文章用跳跃式的语言，给人耳目一新的感觉。作家高军点评认为："作品直接打破诗歌和小说的界限，可以说这是一篇小说也可以说是一首叙事诗，作品一句一行，分为十节，涉及谷贱伤农，涉及农民进城、留守儿童、空壳村等问题，涉及乡村旅游、乡村振兴等问题，有担忧，有悲悯。叙事的跳跃，有着扩大内涵的主题性追求；分行的形式，体现着创新的探索性。"近年，类似的作品还写了不少，比如《没想到才几天，你就成了别人的人》。这样的探索，我认为拓展了我的创作空间。

再说在坚持中发现。

一直以来，我的写作都以农村为主，但往往，只写农村的老人，写留守儿童，写空壳村。这样的作品多了，自己都觉得沮丧。也就是说，这样的作品，让人看不到农村的希望。恰好此时，百花洲文艺出版社的编辑老师也提醒我，乡村振兴是当下农村题材创作的重要元素。乡村从冷清到热闹，从贫困到富裕，乡村正在变得越来越美，越来越好。作家要全面介入，要通过一个个栩栩如生的乡村人物形象，反映我国新时代的山乡巨变。这就给我指明了创作方向，为此，我这几年花了更多的时间在农村行走，一天走进一个村子，忽然闻到油香了。原来，这个地方满山遍野都是油茶树，但那些油茶子成熟后往往落在地上，无人捡拾，浪费了。后来，一个在外打工的农民回乡了，在村里办了一个榨油厂，一下子，村里所有的农民都有事做了，这就是上山摘茶子，在榨油厂上班。这个村，也因为这家榨油厂活了，农民收入也因此提高了。为此，我随后创作了《我闻到油香了》。近年，这样的作品写了很多，本集的《写在大地的爱》《我还没有对象》《稻田晚宴》《灯芯草》《再生稻》都是此类作品。还有那篇《满月》也是这样的作品，农村满月办喜酒，热热闹闹的，农村就应该是这个样子呀。这样的作品，能让人看到乡村的希望。

再一次感谢百花洲文艺出版社，因为你们的帮助，《乡村风情》才得以顺利出版。